师范学院一流本科专业建设丛书

张爱玲小说精品细读

卢志娟 ◎ 著

吉林大学出版社

·长春·

图书在版编目（CIP）数据

张爱玲小说精品细读 / 卢志娟著. -- 长春：吉林大学出版社，2021.5
ISBN 978-7-5692-8447-8

Ⅰ.①张… Ⅱ.①卢… Ⅲ.①张爱玲（1920-1995）-小说研究 Ⅳ.①I207.42

中国版本图书馆CIP数据核字(2021)第119499号

书　　名	张爱玲小说精品细读
	ZHANG AILING XIAOSHUO JINGPIN XIDU
作　　者	卢志娟 著
策划编辑	杨占星
责任编辑	蔡玉奎
责任校对	张鸿鹤
装帧设计	徐占博
出版发行	吉林大学出版社
社　　址	长春市人民大街4059号
邮政编码	130021
发行电话	0431-89580028/29/21
网　　址	http://www.jlup.com.cn
电子邮箱	jlup@mail.jlu.edu.cn
印　　刷	三河市九洲财鑫印刷有限公司
开　　本	787×1092　1/16
印　　张	13.75
字　　数	180千字
版　　次	2021年5月　第1版
印　　次	2021年5月　第1次
书　　号	ISBN 978-7-5692-8447-8
定　　价	45.00元

版权所有　翻印必究

序

◇ 张伟

闭门读书、写作、处理稿件，本校的许多年轻教师，我都不认识。

第一次见到卢志娟的名字，是在包头社科成果政府奖评奖会上。那次，我是评审组组长，卢志娟申报的是一篇研究现代诗歌的论文，发表在《名作欣赏》杂志。评审通常在一天内完成，根本来不及细读参评作品。我打开这篇文章，居然读进去了，竟然忘记了我在主持本组的评审工作，且时间很紧。通篇读完，非常欣赏。那次，卢志娟获得二等奖（一等奖通常都是著作）。第二天回到编辑部，我就让编辑和她联系，向她约稿。约来的是张爱玲研究系列，连续发表几篇，篇篇见功力，我开玩笑说，卢志娟的论文是我刊的"免检产品"。不记得发到第几篇的时候，卢志娟来编辑部送校样，我第一次见到了她。

后来，一来二去地就相熟了。她加入了文艺评论家协会，参加我们组织的许多活动。吴建荣《生活在别处》研讨会上，她提交了一篇长篇评论，发言时，讲到动情处，她哽咽、落泪。我看到，她是用心去晤对文学作品的，绝非只为稻粱谋之辈。我给电视台主持《悦读生活》节目，请她做嘉宾，介绍陈忠实的《白鹿原》、张爱玲的《红玫瑰与白玫瑰》，是两次做客《悦读生活》的唯二之一。

功夫不负有心人，现在，卢志娟的张爱玲研究修成正果，以一本书的体量呈现在我面前，很是为她高兴。

书名中"精品"二字内有玄机。作者说，一是动词之"精品"，文本细读，精心品味，施事主体自然是"卢志娟"了；二是名词之"精品"，研究对象张爱玲，遴选、聚焦其精品佳作，剖肌析理。读毕全书，我很欣慰，她的研究预期已然达成。她对张爱玲小说的人物、意象、细节、艺术手法等的阐释，细致而精到，堪称张爱玲的知音，完成了一次跨越时空的对话。张爱玲倘若有知，定然会露出会心的微笑。"因为懂得，所以慈悲。"惺惺相惜，心心相印。

卢志娟的批评态度是诚恳的，她总是潜入作品，推心置腹，悉心揣摩作家、人物的心理。她不"做"，不端着，不故作学究状。她不让理论凌驾于文本细读之上，而是服务于对文本的深致理解；她不会生硬地拿迂腐的理论去肢解作品，而又绝不有失专业水准。她以现代意识对作品做理性透析，诸如存在的荒诞感、孤独的人生体验、真与善的不可调和的矛盾等，都有地道的解读。她顺藤摸瓜，按人物出场的先后顺序，一一道来，一个一个地分析。其行文，让我想起赵树理的小说，也喜欢用人名做小标题，一个一个出场，不紧不慢，娓娓道来，说完张三，再说李四，取与读者倾心交谈的姿态和语态。

知人论世，是早在先秦时期就已确立的文学批评原则，也是屡被作家自审、批评实践验证过的有效方法。现代作家郁达夫就认为，小说是作家的"自叙传"，或隐或显，读者总能从小说里找到作家的影子，小说常常曲折地反映作家的生活遭际或思想感情。卢志娟深谙此理，她化入化出，从吕宗桢与吴翠远，还原回胡兰成与张爱玲，指出："胡、张二人因这部小说结缘，可它却成为胡、张恋情的预言和谶语。"聂传庆身上有张爱玲和弟弟张子静的影子。《红玫瑰与白玫瑰》里，两个看似截然不同的女性形象——王娇蕊与孟烟鹂，正是张爱玲自己的化身，前者是自己的现在，后者是自己的将来。由佟振保的婚姻，说到胡兰成与张爱玲的婚姻，指认佟振保就是胡兰成。《心经》里，同果异因，也回溯到张爱玲，许小寒是4~17岁的张爱玲，其病态源于父爱泛滥无度；段绫卿是17岁以后的张爱玲，其病态是由于父爱缺失稀薄。

我特别喜欢《红楼梦》里的那副对联："世事洞明皆学问，人情练达即文章。"洞悉人情世故，是小说家的首要本领。张爱玲深得《红楼梦》之真传。女性的微妙心理，张爱玲写出来了，卢志娟读出来了，连人物的坐姿都不放过，她解读人物身体语言直抵人物内心。女性本是弱势，可在男权之下，女人之间仍无休止地争斗，这是张爱玲小说的拿手好戏。在这些关节点，卢志娟都有会心和妙解。

什么钥匙开什么锁。张爱玲的小说被称为"心理分析小说"，弗洛伊德的精神分析理论就是解锁的钥匙，书中出现最多，运用最为娴熟。本我、自我、超我，俄狄浦斯（恋母恋父）情结、恋子妒女情结、自恋情结等，都得到了恰到好处的诠解。有人说，作家是笔下人物肚子里的蛔虫。那么，研究者就应该是作家肚子里的蛔虫。诚如卢志娟所说："喜欢她（张爱玲）的人那么多，真正能读懂她的有几个呢？"卢志娟与张爱玲款曲相通，以其女性的细腻，不枉费张爱玲的用心，抽丝剥茧，分析总是那么熨帖。

意象本是诗的最小单位，在中国这个诗的国度里，后起的小说也浸染了诗的意境，章回以诗起始，动辄"有诗为证"。特别是《红楼梦》，诗意葱茏，研究《红楼梦》里的诗，已然成为一大课题。卢志娟做意象分析，她看到了张爱玲小说中的意象新鲜活泼，色彩纷呈，蕴藉深刻，看到了意象与人物形象相对应的象征关系（这是小说意象区别于诗意象之所在）。她不仅审视视觉意象，还留意关注听觉意象。她指出，"月亮"的意象出现频率最高，张爱玲把月亮比作太阳，大胆别致，独出心裁。

文学是语言的艺术。从事文学批评，要有良好的语感，对文字有一种超乎于常人的职业敏感，并养成咬文嚼字的职业习惯。在这方面，卢志娟也是训练有素的。如一般读者都会忽略的"梁家"，她训释为"绝非'良家'的梁家"。梁家的两个丫头，取名为睇睇、睨儿，她指出此二字的斜视、流盼之意。"开电车的人开电车"，本是一个再平常不过的句子，可能还会有人挑剔其同义反复，卢志娟读出了"年复一年、日复一日地重复着一成不变的单调节奏"的意味。对《花凋》篇名的品咂、玩味，同样是别具匠心。就这样，仔细品读，反复推敲，屡有所获。

不黏滞于文本，随时抽身，跳脱而出，远观俯瞰，别有洞天。如，通过庭院的布置，看到中西杂陈、光怪陆离的花花世界，指出这是20世纪三四十年代非驴非马的殖民城市香港的缩影；猫在西方文化中是心地恶毒的象征，这是一般读者的知识盲点，明乎此，以深入理解作品。将男女私情与家国、文化联系在一起，从婚恋故事中读出了文化象征意蕴。一般人不会把范柳原和王娇蕊捏合在一起，卢志娟却能从他们身上看到新质，来自异质文化的新质。

书中的许多篇章，都曾在《阴山学刊》刊登，是我手上审、编、校的，反复读过多遍。现在集中重读，仍然经得住审视，是立得住的好文章。既然开了头，就继续深入做下去，芝麻开花节节高。我想，卢志娟一定有她的研究计划。比如，在个案研究的基础上，写一篇宏观概括性的长文，对张爱玲小说的创作特点，做一次全面系统的梳理。全书9篇，有8篇都是单篇作品的细读串讲，最后一篇是两个人物的求同比较分析。类似这样的篇际之间的同异辨析，想必还有研味心得，可以次第展开，迤逦而来，带领读者观景赏花，流连忘返。

（作者系包头师范学院教授，《阴山学刊》主编）

目录

迷失在欲望都市中
——细读《沉香屑·第一炉香》 / 1
一、梁太太的世界 / 1
二、葛薇龙的人生 / 12
三、这一炉香的况味 / 24

在封锁中暂时解封的人性
——详解《封锁》 / 31
一、封锁与被"封锁"的人 / 31
二、男人、女人与爱情 / 35
三、现实、理想与存在 / 43

欲望杀人
——精品《金锁记》 / 48
一、三个女性 / 49
二、若干意象 / 62
三、心理分析 / 68

恋母弑父情结的演绎

——细品《茉莉香片》/ 81

一、聂传庆与聂介臣 / 81

二、聂传庆与言丹朱 / 83

三、聂传庆与言子夜 / 89

四、关于恋母与弑父 / 91

恋父妒母情结的书写

——解码《心经》/ 94

一、令人心惊胆寒的许小寒 / 94

二、风仪尽失的许峰仪 / 100

三、许太太：贤妻良母人设下的病态女奴 / 106

四、段绫卿：是"人尽可夫"还是"恋父"？/ 115

谢落在无爱的荒野里

——探微《花凋》/ 120

一、花凋为何 / 121

二、对照与反讽 / 123

三、悲壮还是苍凉 / 130

中、西文化的对决与西方现代文明的"倾覆"
——详析《倾城之恋》／132
一、白流苏 ／ 133
二、范柳原 ／ 136
三、上海与香港 ／ 142
四、喜剧还是悲剧 ／ 144

女性爱情神话的终结　个人婚姻悲剧的预言
——细研《红玫瑰与白玫瑰》／149
一、"红玫瑰"王娇蕊 ／ 149
二、"白玫瑰"孟烟鹂 ／ 158
三、"好人"佟振保 ／ 161
四、爱情与婚姻 ／ 169

虚伪俗世中的"真人"
——新解范柳原与王娇蕊 ／ 173
一、世俗眼中堕落的滥情者 ／ 173
二、追爱路上孤独的"真人" ／ 175
三、无爱婚姻里黯然的失败者 ／ 180

附录：论张爱玲小说的精神特质
——以鲁迅为参照系 / 183
一、"改造国民性"与"在传奇里寻找普通人，在普通人里寻找传奇" / 184
二、"吃—被吃"与"看—被看" / 187
三、反抗绝望与沉沦绝望 / 192
四、人生际遇、生存环境和文化选择 / 195

参考文献 / 201
后记 / 203

迷失在欲望都市中
——细读《沉香屑·第一炉香》

《沉香屑·第一炉香》是张爱玲的小说处女作。当年，她去拜谒鸳鸯蝴蝶派主将周瘦鹃，被周先生慧眼识得，凭借的就是它。这篇小说最初就刊载于周瘦鹃主编的《紫罗兰》杂志上，也是凭借它，张爱玲横空出世，一跃成为上海滩最红的女作家，创造了独属于她的"传奇"。

小说讲述的是一个上海女孩葛薇龙在进入香港的"上流社会"之后的沉沦与堕落。看起来，这是一个老套的故事，但张爱玲不仅将故事讲得绘声绘色，引人入胜，还渗入了和她23岁的年龄不相符的对于人性的深刻洞悉和苍凉的生命体验。

一、梁太太的世界

（一）梁家

故事的开端，葛薇龙站在半山里一座大住宅的走廊上，这便是梁太太的领地了。它坐落在香港山头华贵的住宅区。梁家的这所大房子可谓"中西合璧"：

花园不过是一个长方形的草坪，四周绕着矮矮的白石字栏杆，栏杆外就是一片荒山。这园子仿佛是乱山中凭空擎出的一只金漆托盘。园子里也有一排修剪得齐齐整整的长青树，疏疏落落两个花床，种着艳丽的英国玫瑰，都是布置谨严，一丝不乱，就像漆盘上淡淡的工笔彩绘。草坪的一角，栽了一棵小小的杜鹃花，正在开着，花朵儿粉红里略带些黄，是鲜亮的虾子红。墙里的春天，不过是虚应个景儿，谁知星星之火，可以燎原，墙里的春延烧到墙外去，满山轰轰烈烈开着野杜鹃，那灼灼的红色，一路摧枯拉朽烧下山坡子去了。杜鹃花外面，就是那浓蓝的海，海里泊着白色的大船。这里不单是色彩的强烈对照给予观者一种眩晕的不真实的感觉——处处都是对照；各种不调和的地方背景，时代气氛，全是硬生生地给挽揉在一起，造成一种奇幻的境界。

山腰里这座白房子是流线型的，几何图案式的构造，类似最摩登的电影院。然而屋顶上却盖了一层仿古的碧色琉璃瓦。玻璃窗也是绿的，配上鸡油黄嵌一道窄红边的框。窗上安着雕花铁栅栏，喷上鸡油黄的漆。屋子四周绕着宽绰的走廊，当地铺着红砖，支着巍峨的两三丈高一排白石圆柱，那却是美国南部早期建筑的遗风。从走廊上的玻璃门里进去是客室，里面是立体化的西式布置，但是也有几件雅俗共赏的中国摆设，炉台上陈列着翡翠鼻烟壶与象牙观音像，沙发前围着斑竹小屏风，可是这一点东方色彩的存在，显然是看在外国朋友们的面上。英国人老远的来看看中国，不能不给点中国给他们瞧瞧。但是这里的中国，是西方人心目中的中国，荒诞，精巧，滑稽。

这个大宅院给人留下最深印象的恐怕就是它的色彩了，白柱子、绿草坪、艳丽的英国玫瑰、墙里虾子红的杜鹃、墙外漫山遍野火红的野杜鹃、浓蓝的海、白色的大船。白房子的造型分明是西式的，房顶上却是中国仿古的碧色琉璃瓦，玻璃窗也是绿的，配上鸡油黄嵌一道窄红边的框。窗上安着雕花铁栅栏，喷上鸡油黄的漆。走廊的红色地砖、白色圆柱都是美国南部早期建筑的风格，客厅的布置也是西式的，却也有中式的陈设。这一片斑斓的色彩，让人眼花缭乱、目不暇接，但张爱玲要强调的却是"这里不单是色彩的强烈对照给予观者一种眩晕的不真实的感觉——处处都是对照；各种不调和的地方背景，时代气氛，全是硬生生地给揉揉在一起，造成一种奇幻的境界"。这两段文字看似景物描写，实则暗示意味非常浓郁，这是梁太太精心营造的一个世界，这是一个中西杂陈、光怪陆离的花花世界。其实，这就是20世纪三四十年代香港的缩影——"非驴非马"。

小说中除了开篇的这两段文字集中细致地对梁家进行了描摹，还有不少段落中穿插着这种笔墨，如薇龙在客厅等候梁太太召见时，小说中写道："薇龙一抬眼望见钢琴上面，宝蓝瓷盘里一棵仙人掌，正是含苞欲放，那苍绿的厚叶子，四下里探着头，像一窠青蛇，那枝头的一捻红，便像吐出的蛇信子。花背后门帘一动，睨儿笑嘻嘻走了出来。"这里，对于仙人掌的比喻极其生动传神，且富有暗示意味，蛇这个意象在中西文化中均和邪恶、狠毒、情色、诱惑等有关。这花像是"一窠青蛇"，那么，梁府就是那蛇洞吧？

此外，小说中在写到薇龙拜别了梁太太下山的情节时，对梁家用了这样的比喻："那巍巍的白房子，盖着绿色的琉璃瓦，很有点像古代的皇陵。"可以说，这是薇龙在初步见识领略到梁宅之后最深刻最真实的感受，这里虽然看起来金碧辉煌，珠光宝气,可又鬼气森森,让人毛骨悚然,不寒而栗。

在这个绝非"良家"的梁家,生活着的会是一些怎样的人物?

(二)丫头

在梁太太本人现身之前,张爱玲运用"烘云托月"之法,先写了梁太太家的两个丫头——睇睇和睨儿。"睇"和"睨"均有斜视、流盼之意。从这两个丫头不同寻常的名字中我们就可以想象二人的娇媚之态。这两个丫头,都生得俊俏风流、聪明伶俐,自然会被梁太太"各尽其用"地加以调教,使她们成为替她招徕男人的工具,"似乎都是俏皮人物,糖醋排骨之流"。小说中对两个丫头精描细画,其真正的目的是更好地表现梁太太的形象。

两个丫头一出场就显现出了不同的个性。睇睇的性子直爽、刚烈;睨儿则善于察言观色、精于逢迎。小说开头写葛薇龙去拜访姑妈梁太太,恰逢姑妈不在家,薇龙独自在客厅等着姑妈回来,听到外面两个丫头闲聊,其中一个便是适才给自己倒茶的"长脸儿,水蛇腰;虽然背后一样的垂着辫子,额前却梳了虚笼笼的头"的睇睇,从她们的对话里我们可以推测,这两个丫头都非本分之人,甚至可以说是轻佻或轻浮。在她们的谈笑打闹中,一只拖鞋从门外飞进来,正打在薇龙膝盖上,"痛得薇龙弯了腰直揉腿。再抬头看时,一个黑里俏的丫头,金鸡独立,一步步跳了进来,踏上那木屐,扬长自去了,正眼也不看薇龙一看。"这是睨儿。她之所以这么无视薇龙,是因为认为薇龙"想必是来打抽丰的"。单从第一次见到薇龙时的不同态度就可以看出,睨儿较睇睇更加势力,毕竟睇睇还给薇龙端茶倒水。

后面，写到梁太太回来时，睇睇和睨儿的表现也截然不同：

睇睇正在抽那门闩，底下一阵汽车喇叭响，睨儿不知从哪儿钻了出来，斜刺里掠过薇龙睇睇二人，噔噔噔跑下石级去，口里一路笑嚷："少奶回来了！少奶回来了！"睇睇耸了耸肩冷笑道："芝麻大的事，也值得这样舍命忘身的，抢着去拔个头筹！一般是奴才，我却看不惯那种下贱相！"一扭身便进去了。

可见，在主人面前，睨儿比睇睇更显殷勤，更善于察言观色，巴结讨好。也是这个睨儿，在梁太太见过葛薇龙并决定留其住下后，对葛薇龙立刻转变了态度。在薇龙告辞了梁太太出来时，"睨儿特地赶来，含笑挥手道：'姑娘好走！'那一份儿殷勤，又与前不同了。"真是八面玲珑。

而当薇龙再次来到梁家时，睨儿对她更是显得格外亲昵，"一见了薇龙，便抢步上前，接过皮箱，说道：'少奶成日惦念着呢，说您怎么还不来。今儿不巧有一大群客，'又附耳道，'都是上了年纪的老爷太太们，少奶怕你跟他们谈不来，僵得慌，叫给姑娘另外开一桌饭，在楼上吃。'"这与薇龙头一次来时形成鲜明对照，而且，由于了解梁太太对薇龙的用心，她已经开始用心巴结薇龙。

而睇睇则全然不同，就在薇龙来到梁家第二天，梁太太不顾前晚彻夜玩乐的疲惫，一大早就严厉训斥睇睇背着自己出去同乔琪乔约会：

睇睇究竟年纪轻，当着薇龙的面，一时脸上下不来，便冷笑道："我这样的迁就他，人家还不要我呢！我并不是丫头坯子，人家还是不敢请教。我可不懂为什么！"梁太太跳起身来，唰的给了她一个巴掌。睇睇索性撒起泼来，嚷道："还有谁在你跟前捣鬼呢？无非是乔家的汽车夫。乔家一门子老的小的，你都一手包办了，他家七少奶奶新添的小少爷，只怕你早下了定了。连汽车夫你都放不过。你打我！你只管打我！可别叫我说出好的来了！"梁太太坐下身来，反倒笑了，只道："你说！你说！说给新闻记者听去。这不花钱的宣传，我乐得塌个便宜。我上没有长辈，下没有儿孙，我有的是钱，我有的是朋友，我怕谁？你趁早别再糊涂了。我当了这些年的家，不见得就给一个底下人叉住了我。你当我这儿短不了你么？"

睇睇返身向薇龙溜了一眼，撇嘴道："不至于短不了我哇！打替工的早来了。这回子可趁了心了，自己骨血，一家子亲亲热热地过活罢，肥水不落外人田。"梁太太道："你又拉扯上旁人做什么？嘴里不干不净的！我本来打算跟你慢慢地算账，现在我可太累了，没这精神跟你歪缠。你给我滚！"睇睇道："滚就滚！在这儿做一辈子也没有出头之日！"梁太太道："你还打算有出头之日呢！只怕连站脚的地方也没有！你以为你在我这里混过几年，认得几个有大来头的人，有了靠山了。我叫你死了这条心！港督跟前我有人；你从我这里出去了，别想在香港找得到事。谁敢收容你！"睇睇道："普天下就只香港这豆腐干大一块地么？"梁太太道："你跑不了！你爹娘自会押你下乡去嫁人。"睇睇哼了一声道："我爹娘管得住我么？"梁太太道："你娘又不傻。她还有七八个女儿求我提拔呢。她要我照应你妹妹们，自然不敢不依我的话，把你带回去严加管束。"睇睇这才呆住了，一时还体会不到梁太太的意思；呆了半晌，方才顿脚大哭起来。睨儿连忙上前半推半搡把她送出了房，口里数落道："都是少奶把你惯坏了，没上没下的！你知趣些；少奶气平了，少不得给你办一份嫁妆。"

主仆这一番唇枪舌剑，一可见睇睇也是牙尖嘴利、能言善辩，二可见梁太太"调教有方"，做她手底下的人必须要具备各种素质，首先，要长相漂亮，其次，要能言善辩，善耍手腕，"刚柔相济"，如果说睨儿是以"柔"见长的话，那么睇睇很显然是以"刚"见长。但毕竟，一个年轻丫头哪是梁太太的对手，最终，睇睇被梁太太无情地赶出家门。而梁太太当着薇龙的面教训睇睇，其实也是"杀鸡骇猴"，向薇龙暗示，对于姑妈只能无条件地服从，如果违抗，绝没有好下场。

其实，无论是睨儿还是睇睇，作者对她们的精描细刻正是为了突出她们的主人梁太太绝非等闲之辈，"是个有本领的女人，一手挽住了时代的巨轮，在她自己的小天地里，留住了满清末年的淫逸空气，关起门来做小型慈禧太后。"

（三）梁太太

看起来葛薇龙是小说的主人公，其实梁太太同样是这部小说的主人公。而且，在某种程度上，梁太太的形象更加丰满，更富有张力。小说中在梁太太出场前，先写了梁家、梁家的丫头，在做足了铺垫之后，梁太太终于登场：

汽车门开了，一个娇小个子的西装少妇跨出车来，一身黑，黑草帽檐上垂下绿色的面网，面网上扣着一个指甲大小的绿宝石蜘蛛，在日光中闪闪烁烁，正爬在她腮帮子上，一亮一暗，亮的时候像一颗欲坠未坠的泪珠，暗的时候便像一粒青痣。那面网足有两三码长，像围巾似的兜在肩上，飘飘拂拂。

这是梁太太给薇龙的第一印象，也是给我们的第一印象：

她并不像是一个年过半百之人，身材保养得很好，粗看像一个"少妇"，打扮得非常洋气，从头到脚一色的黑，也是西式的性感与神秘，帽檐上绿色面网上的绿宝石蜘蛛在神秘性感之外给人以邪恶之感，这样的毒物也是对这个人物的暗示和象征。待她摘下帽子我们才看到她的真容——"毕竟上了几岁年纪，白腻中略透青苍，嘴唇上一抹紫黑色的胭脂，是这一季巴黎新拟的'桑子红'"。这里对她仍然没有细致的肖像描摹，而是抓住了几种对比鲜明的色彩，皮肤"白腻中略透青苍"，可见，虽有厚厚的脂粉掩盖，毕竟美人迟暮，已经遮掩不住岁月的痕迹了，嘴唇上紫黑色的胭脂却仍然向人们昭示梁太太的时尚，但，白、青、紫、黑再加上一身黑色西装，面纱上荧光闪烁的绿宝石蜘蛛，我们不由得产生一种像是见到妖魔鬼怪的阴森恐怖之感。

　　薇龙要投靠的就是这样一个姑妈，薇龙向她自我介绍是葛豫琨的女儿，她劈面就问："葛豫琨死了吗？"接下来又是接连不断的冷嘲热讽，让薇龙无地自容，几乎落荒而逃，可为了继续学业，薇龙决定厚着脸试试看，在梁太太精心布置的中国式的书房里姑侄二人展开了一场暗斗。与刚才的冷嘲热讽相比，这次梁太太采取的策略是"以静制动"，她"不端不正坐在一张金漆交椅上，一条腿勾住椅子的扶手，高跟织金拖鞋荡悠悠地吊在脚趾尖，随时可以啪的一声掉下地来。"这样肆意的坐姿一方面仍然表达了她对葛薇龙的蔑视，另一方面，也让我们更进一步对这个人物的修养、气质有了更多的了解，"薇龙站在她跟前，她似乎并不知道，只管把一把芭蕉扇子阁在脸上，仿佛是睡着了。薇龙趔趄着脚，正待走开，梁太太却从牙缝里迸出两个字来道：'你坐！'以后她就不言语了，好像等着对方发言。"梁太太正是要以这种让人尴尬难堪的方式来"考验"葛薇龙，看她是否能从容应对，是否具有培养的潜质。在薇龙低声下气地诉说时，梁太太一会儿"搓得那芭蕉扇柄的溜溜地转"，一会儿又"撕芭蕉扇上的筋纹，撕了又撕"，其实她一直在隔着扇子透过缝隙暗暗观察着薇龙。"扇子里筛入几丝黄金色的阳光，拂过她的嘴边，正像一只老虎猫的须，振振欲飞。"对于薇龙而言，梁太太就是一个兼具老虎的威猛凶恶和猫（在西方文化中，猫是心地恶毒的象征）的阴险狡猾、蛊惑娇媚的危险女人。薇龙想获得这个女人的帮助无异于羊入虎口。

张爱玲没有向我们展示年轻时的梁太太，但是她与薇龙父亲因为自己的婚姻彻底闹翻，"毅然嫁了一个年逾耳顺的富人，专候他死"。如果说《金锁记》中的曹七巧是被迫嫁入豪门，那梁太太则是"独排众议"，为的当然是过上富贵荣华的生活。为了钱，她放弃了嫁一个自己真心喜欢、也真心喜欢自己的男子的机会。或者说，为了物欲，她放弃了情欲。可以想象，在她守着梁季腾、守着金钱的那些岁月，她的情感世界是多么荒芜。她耗尽青春，苦苦压抑着自己的情欲，终于等到"他死了，可惜死得略微晚了一些——她已经老了"，当她的物欲得到满足之后，压抑了许久的情欲便如同洪水般肆意泛滥，不可遏抑，为了"填满她心里的饥荒。她需要爱——许多人的爱"。可毕竟年华老去，单凭自己的魅力无法吸引足够数量的男人来满足自己的欲望，于是她不得不借助年轻的女孩子来实现自己的目标，开始是睇睇和睨儿，后来便是薇龙。

当薇龙无意撞上门来求她帮助时，梁太太这个"精明人"、"彻底的物质主义者"本是要拒绝的，但经过一番严格的考察，她发现眼前这个女孩子是很有挖掘潜力的，会成为替她招揽男人的一块好招牌，于是决定要薇龙留在自己身边，并在薇龙身上投资不菲，不仅负担她学校的一切费用，还给她置办了一柜子的出入于各种场合的漂亮行头，甚至特地拨自己身边的得意人睇儿来服侍她。为了满足自己的私欲，这个贪婪的女人卑劣到不择手段的地步，她对自己的亲侄女下了手，她设下圈套，步步为营，将薇龙引向她设好的陷阱之中。先是给她甜头、好处让她沉溺其间，当薇龙突然意识到自己的危险处境想拔腿离开时，她又使出自己的手腕，一方面对薇龙"动之以情，晓之以理"，对她说："你来的时候是一个人。你现在又是一个人。你变了，你的家也得跟着变。要想回到原来的环境里，只怕回不去了。"让薇龙早早断了抗争的念头；另一方面对乔琪乔威逼利诱、软硬兼施，甚至替他想好了最后的脱身之计："过了七八年，薇龙的收入想必大为减色。等她不能挣钱养家了，你尽可以离婚。在英国的法律上，离婚是相当困难的，唯一的合法的理由是犯奸。你要抓到对方犯奸的证据，那还不容易？"最终，通过薇龙，她终于"降服"了一直以来最棘手的乔琪乔；而薇龙也乖乖地再次臣服于她，成为她手中的一粒棋子，任她摆布调遣。这等手段，真可谓"一箭双雕"。果真是个"有本领的女人"。

小说中没有交代这个女人最后的结局。可是我们完全可以想象得到，十年之后，那时她已年过花甲，就算保养得再小心、再得当，也没有办法笼络那么多男人了吧？就算薇龙或者甚至更年轻漂亮的女孩子还在她"麾下"效力，她们未必不为自己着想。本来，她们之间就是一种彼此利用的关系，只不过，在梁太太势强之时，是她利用别人多一些，当她势弱之后，她们还会安于被她利用吗？很可能，她们会找个合适的机会一走了之，另起炉灶，曾经叱咤风云、要风得风、要雨得雨的梁太太，那时恐怕只落得个一如《金锁记》中曹七巧般的下场。不，她的结局还比不上曹七巧，曹七巧身边至少还有一双儿女陪着，而她只能形影相吊，孤独终老。

（四）男人们

梁太太的世界是各色男人云集的世界。"梁太太交游虽广，向来偏重于香港的地头蛇，带点官派的绅士阶级"，"不是浮滑的舞男似的年轻人，就是三宫六嫔的老爷。再不然，就是英国兵。""年轻人"中的佼佼者是卢兆麟和乔琪乔；"老爷"里最具代表性的是司徒协、乔诚爵士；英国兵大都是中下级军官。小说中重点写到的男人是司徒协和乔琪乔这一老一少。

司徒协是个"干瘦小老儿"，是梁太太"全盛时代无数的情人中硕果仅存的一个……是汕头一个小财主，开有一家搪瓷马桶工厂"。二人的关系之所以能"二十年如一日"地稳定，是由于彼此在对方身上都各有所需，亦能各取所需：

梁太太对于这一个生意人之所以恋恋不舍，却是因为他知情识趣，工于内媚。二人相交久了，梁太太对于他竟有三分怕惧，凡事碍着他，也略存顾忌之心。司徒协和梁太太，也是因为她摸熟了自己的脾气，体贴入微，并且梁太太对于他虽然不倒贴，却也不需他破费，借她地方请请客，场面既漂亮，应酬又周到，何乐而不为。

其实，梁太太与她身边的其他男人何尝不是这种互为利用、各有所图的关系？这个司徒协惦记的当然也不只是梁太太，和其他男人一样，他同样打起了薇龙的主意："只是碍着梁太太，不曾有过明白的表示。"当他同梁太太谈好条件后，就开始迫不及待地行动了。他强行送给薇龙一只价值不菲的镯子，接下来将要发生的事当然不言自明。也正是他的这个举动，让薇龙感到自己的处境越来越危险了。她奋力想要逃脱，却只是从司徒协的魔掌里逃到乔琪乔的虎口中。

与司徒协相比，乔琪乔年轻漂亮、聪明伶俐、风流潇洒。和多数拜倒在梁太太石榴裙下的男人不同，乔琪乔始终不肯乖乖就范，成为梁太太的囊中之物。他三番两次地捉弄梁太太，她放出睇睇做诱饵去擒获他，他却吞了香饵仍悠游自在。她决定自认倒霉不去理睬他，他却找上门来和她斗气，很快又将薇龙与睨儿一并"吞掉"。梁太太咬牙切齿后，只得提起精神来专力对付他，最终还是利用薇龙收服了乔琪乔。

无论是司徒协还是乔琪乔，凡是在梁太太的世界里出入的男人们，无一漏网，最终都被这个女人悉数收入囊中。而同时，他们又和梁太太心照不宣地结成联盟一致摧残伤害葛薇龙这个无辜的女孩子。如果说梁太太是导致葛薇龙人生悲剧的主谋，那么梁太太周围的男人们则是帮凶，他们与梁太太一起逼着葛薇龙一步一步走向万劫不复的深渊。

二、葛薇龙的人生

葛薇龙，本是"一个极普通的上海女孩子"，"她的脸是平淡而美丽的小凸脸……她的眼睛长而媚，双眼皮的深痕，直扫入鬓角里去。纤瘦的鼻子，肥圆的小嘴。也许她的面部表情稍嫌缺乏，但是，惟其因为这呆滞，更加显出那温柔敦厚的古中国情调。"由于战乱，几年前，她随父母来到香港，在南英中学读书，而今父母要北归，她因担心学业会被耽误不愿意随同父母返沪，所以才向姑妈梁太太求助。如果没有这一出，她的人生无非是像一般女孩子那样按部就班地上中学，上大学，嫁人，相夫教子。可是她遇到了梁太太，由此进入了另一个灯红酒绿的花花世界，步入了一条完全不同的人生轨道，并不由自主地一条道走到黑。

（一）行得正，立得正

最初，葛薇龙是一个务求上进、勇于直面困难并努力寻求解决方法，较为独立，且聪明伶俐的少女。面对父母即将返沪的现实，她知道他们已无能力为她提供留在香港继续读书的各种费用。她不是不知道当年梁太太为了嫁给梁季腾做小老婆和家人闹翻，尤其是和薇龙的父亲断绝了姐弟关系，老死不相往来。可是，为了能继续学业，她在别无选择的情况下还是决定背着父母悄悄去求姑妈梁太太。可见，薇龙也是个有胆有识有决断的女孩子。

见到梁太太后，薇龙的聪明伶俐和面对刁难的处变不惊、从容应对得以彰显：

……薇龙自己报名道："姑妈，我是葛豫琨的女儿。"梁太太劈头便问道："葛豫琨死了么？"薇龙道："我爸爸托福还在。"梁太太道："他知道你来找我么？"薇龙一时答不出话来，梁太太道："你快请罢，给他知道了，有一场大闹呢！我这里不是你走动的地方，倒玷辱了你好名好姓的！"薇龙赔笑道：

"不怪姑妈生气，我们到了香港这多时，也没有来给姑妈请安，实在是该死！"

面对姑妈这突如其来的连珠炮般的难听话，薇龙心里虽万分委屈，却一味地低声下气、赔笑脸，可见，她年纪虽小，却深谙"人在矮檐下，不得不低头"的道理。虽然她独自一人时不禁偷偷落泪，可当睨儿对她说"害姑娘受了委屈"时，她却笑道："姐姐这话说重了！我哪里就受了委屈？长辈奚落小孩子几句，也是有的，何况是自己姑妈，骨肉至亲？就打两下也不碍什么。"难怪睨儿立刻对她刮目相看："姑娘真是明白人。"

在书房里再次拜会梁太太，薇龙虽并未从一开始就察觉到梁太太是在试探、考验她，但她打定主意后更加镇定自若。梁太太翻薇龙父亲的旧账，薇龙道："爸爸就是这书呆子脾气，再劝也改不了。说话又不知轻重，难怪姑妈生气。可是事隔多年，姑妈是宽宏大量的，难道还在我们小孩子身上计较不成？"短短一番话，先是批评父亲，讨好梁太太；然后是给梁太太戴高帽子，让她不好再生气，而且暗示梁太太不要把上一辈的恩怨延续到后辈身上，说得入情入理，头头是道，也算得上巧舌如簧了。为了进一步打动梁太太，她甚至说："爸爸当初造了口舌上的罪过，姑妈得给我一个赎罪的机会。姑妈把我教育成人了，我就是您的孩子，以后慢慢地报答您！"一个十几岁的女孩子能说出这样的话该有多么机敏！也正是基于此梁太太才肯留她在身边。

薇龙的聪明还体现在她对梁太太的准确判断，几个回合之后她就明白了外界对梁太太名声不好的传言绝非子虚乌有的栽赃诬陷，进而，她断定梁太太"是个有本领的女人，一手挽住了时代的巨轮，在她自己的小天地里，留住了满清末年的淫逸空气，关起门来做小型慈禧太后。"她也察觉到了这里的危险,甚至想到自己"既睁着眼走进了这鬼气森森的世界,若是中了邪,我怪谁去?"可是,她毕竟还只是个中学女生,涉世未深,显得稚嫩、单纯,她低估了梁太太,却又高估了自己——"我们到底是姑侄,她被面子拘住了,只要我行得正,立得正,不怕她不以礼相待。外头人说闲话,尽他们说去,我念我的书。将来遇到真正喜欢我的人,自然会明白的,决不会相信那些无聊的流言。"她下定决心,大胆地迈进梁家的门槛,自以为能主宰自己,能"出淤泥而不染",等待她的却是万劫不复的深渊。

(二)看看也好

事实上,还没有跨进梁家的大门,薇龙就已经不是几天前未登梁家门前那个单纯、质朴的女孩子了。也许她自己都未曾察觉到,自从到梁家走了一趟,她的内心已经悄悄起了变化。

葛家夫妇离开香港后,薇龙在女仆陈妈的陪伴下往梁家走去,在梁家大门前突然一群狗狂吠起来,"陈妈着了慌,她身穿一件簇新蓝竹布罩褂,浆得挺硬。人一窜,便在蓝布褂里打旋磨,擦得那竹布淅沥沙啦响。她和梁太太家的睇睇和睨儿一般的打着辫子,她那根辫子却扎得杀气腾腾,像武侠小说里的九节钢鞭。薇龙忽然之间觉得自己并不认识她,从来没有用客观的眼光看过她一眼——原来自己家里做熟了的佣人是这样的上不得台盘!"之所以有这样的感觉是因为有梁太太家的两个丫头比着。因此,她害怕梁家人见到自家这个不够体面的女仆,于是她匆匆打发陈妈离开,才去按梁家的门铃。小说中,这一幕虽然一笔带过,可是从中我们可以看到环境对人的潜移默化的影响,葛薇龙只是去梁太太的花花世界走了一遭，还没有见识到真正的纸醉金迷，虚荣心就已经悄悄地被唤醒了。

薇龙来到梁家那晚梁太太正在宴请宾客，睨儿将薇龙引到房间，楼下"无线电里乐声悠扬，薇龙那间房，屋小如舟，被那音波推动着，那盏半旧的红纱壁灯似乎摇摇晃晃，人在屋里，也就飘飘荡荡，心旷神怡"，如果说这时的薇龙还只是被美妙的音乐所打动的话，当她看到衣橱里各色漂亮的衣服时，就一下子被吸引住了，她"忍不住锁上了房门，偷偷地一件一件试着穿"，却每一件都合体，她突然明白了，那都是姑妈给她预备的。她不觉红了脸，自言自语道："这跟长三堂子买进一个讨人有什么区别？"这是她对姑妈意图的又一次洞悉。她清楚地预见到，如果混在这个世界里未来将会发生什么。但就这么轻而易举地，梁太太用一橱子漂亮衣服让薇龙乖乖地缴了械，几天前她还下定决心要"行得正，立得正"，此刻却对这个花花世界充满向往和迷恋：

……薇龙一夜也不曾合眼，才合眼便恍惚在那里试衣服，试了一件又一件，毛织品，毛茸茸的像富于挑拨性的爵士乐；厚沉沉的丝绒，像忧郁的古典化的歌剧主题歌；柔滑的软缎，像《蓝色的多瑙河》，凉阴阴地匝着人，流遍了全身。才迷迷糊糊盹了一会，音乐调子一变，又惊醒了。楼下正奏着气急吁吁的伦巴舞曲，薇龙不由想起壁橱里那条紫色电光绸的长裙子，跳起伦巴舞来，一踢一踢，淅沥沙啦响。想到这里，便细声对楼下的一切说道："看看也好！"她说这话，只有嘴唇动着，并没有出声。然而她还是探出手来把毯子拉上来，蒙了头，这可没有人听得了。她重新悄悄说道："看看也好！"便微笑着入睡。

她的态度这样迅速地变化只是由于虚荣心在作祟。在此前的十几年里，她生活在一个相对单纯的世界里，在家中，虽然不缺衣少食，却也没有华美的衣裳、精致的食物；在学校里，和她朝夕相处的同学也都是单纯的少男少女，她从未接触甚至想象过在她所习以为常的生活之外，还会有另一种全然不同的雍容华贵、"金翠辉煌"的生活模式，现在她居然一脚踏进了这样的生活之中。薇龙被现实生活压抑得几至于无的虚荣心如同星星之火遇到枯草狂风，瞬时便呈燎原之势，虚荣心下潜藏的物欲，也像一头久困笼中的野兽，破笼而出后更加倍凶猛，一发而不可收。

她在衣服堆里一混就是两三个月，"穿也穿了，吃也吃了，玩也玩了，交际场中，也小小的有了点名了；普通一般女孩子们所憧憬着的一切，都尝试到了。"她不仅彻底丧失了对这种奢靡生活的抵抗力，还在情感的歧途上越走越远，最终陷入泥潭，无力自拔。

（三）从卢兆麟到乔琪乔

薇龙既然走进了梁太太的世界，自然就与梁太太周围的男人们脱不了干系。开始，梁太太只拿她当个幌子，吸引一般年轻人，那些年轻人为了接近薇龙而和梁太太攀交情，最终却都坠入梁太太的情网。"这样的把戏，薇龙也看惯了，倒也毫不介意。"直至出现了她在意的人。那便是和她一样原不属于这个世界的卢兆麟。

与梁太太身边的绝大多数男人不同，卢兆麟是个大学生，高个子，阔肩膀，白牙齿，是个网球高手，充满青春的朝气和活力，是个典型的阳光男孩。他和薇龙在教会的唱诗班相识，彼此互有好感，本来是有机会继续发展成为恋人关系的。可是这样出众的男孩子梁太太怎么肯放过？为了能够引他上钩，梁太太打着帮助薇龙同朋友们联络感情的幌子，假意为薇龙办园会。卢兆麟自然也是邀请的对象，可惜的是，他涉世未深，本来是冲着薇龙来参加园会，却被梁太太轻松斩获。她略施手腕，涉世未深的卢兆麟很快便被迷得七荤八素，"两个人四颗眼珠子，似乎是用线穿成一串似的，难解难分"。薇龙本来是想借这个机会来考验一下卢兆麟对她的感情，没想到却是这样的结果，气得眼圈子都红了。

其实梁太太之于卢兆麟，正如那一橱子漂亮衣服之于葛薇龙。只不过，梁太太是情欲的化身，那些漂亮衣服则是物欲的象征。卢兆麟是被情欲遮住了双眼，葛薇龙是被物欲迷住了心灵。从这个意义上来讲，卢兆麟只是重蹈了薇龙的覆辙而已，因此，薇龙没有资格指责卢兆麟。而很快，另一个男性——乔琪乔出现在薇龙的情感世界里，她便被困在物欲与情欲的双重迷雾之中再也"回不去了"。

乔琪乔是乔诚爵士的儿子，乔家的十三少爷，这是一个典型的花花公子，成日里游手好闲，不务正业，"除了玩之外，什么本领都没有"，可是，他长相出众，皮肤白皙，"在那黑压压的眉毛与睫毛底下，眼睛像风吹过的早稻田，时而露出稻子下的水的青光，一闪，又暗了下去了。人是高个子，也生得停匀，可是身上衣服穿得那么服帖、随便，使人忘记了他的身体的存在。和他一比，卢兆麟显得粗蠢了许多"。更要命的是他长期混迹于香港的各种交际场合，练就了一身与女孩子腾挪周旋的好"武艺"。薇龙遇上了他，正如卢兆麟遇上梁太太。

乔琪乔和薇龙第一次见面，是在比较特殊的情形下，那时梁太太正和卢兆麟渐入佳境，到了擒获卢兆麟的关键时刻，乔琪乔突然出现，"只管在梁太太面前穿梭似的踱来踱去，嘴里和人说着话，可是全神凝注在梁太太身上，把那眼风一五一十地送了过来。引得全体宾客连带地注意了梁太太与卢兆麟。他们三个人，眉毛官司打得热闹，旁观者看得有趣，都忍不住发笑"。梁太太只得搬来薇龙做救兵，敷衍乔琪乔。薇龙虽为卢兆麟的"背叛"正在生闷气，可还是只好领命。

乔琪乔和她握了手之后，依然把手插在裤袋里，站在那里微笑着，上上下下的打量她。薇龙那天穿着一件磁青薄绸旗袍，给他那双绿眼睛一看，她觉得她的手臂像热腾腾的牛奶似的，从青色的壶里倒了出来，管也管不住，整个的自己全泼出来了；连忙定了一定神，笑道，"你瞧着我不顺眼么？怎么把我当眼中钉似的，只管瞪着我！"乔琪乔道："可不是眼中钉！这颗钉恐怕没有希望拔出来了。留着做个永远的纪念罢。"薇龙笑道："你真会说笑话。这儿太阳晒得怪热的，到那边阴凉些的地方去走走吧。"

两人一同走着路，乔琪轻轻地叹了一口气道："我真该打！怎么我竟不知道香港有你这么个人？"薇龙道："我住到姑妈这儿来之后，你没大来过。我又不常出去玩。不然，想必没有不认识你的道理。你是在外面非常活动的，我知道。"乔琪乔道："差一点我就错过了这机会。真的，你不能想象这事多么巧！也许我们生在两个世纪里，也许我们生在同一个世纪里，可是你比我早生了二十年。十年就够糟的了。若是我比你早生二十年，那还许不要紧。我想我老了不至于太讨人厌的，你想怎样？"薇龙笑道："说说就不成话了。"

....

乔琪问知她是上海来的，便道："你喜欢上海还是喜欢香港？"薇龙道："风景自然香港好。香港有名的是它的海岸，如果我会游泳，大约我会更喜欢香港的。"乔琪道："慢慢的我教你——如果你肯的话。"又道，"你的英文说得真好。"薇龙道："哪儿的话？一年前，我在学校课室以外从来不说英文的，最近才跟着姑妈的朋友们随口说两句；文法全不对。"乔琪道："你没说惯，有些累，是不是？我们别说英文了。"薇龙道："那么说什么呢？你又不懂上海话，我的广东话也不行。"乔琪道："什么都别说。你跟那班无聊的人应酬了半天，也该歇一歇了。"薇龙笑道："被你这一说，我倒真觉着有些吃力了。"便拣了一张长椅坐下，乔琪也跟着坐下了。隔了一会儿，薇龙噗嗤一笑道："静默三分钟，倒像致哀似的。"乔琪道："两个人一块儿坐着，非得说话不可么？"一面说，一面把手臂伸了过来，搭在薇龙背后的椅靠上。薇龙忙道："我们还是谈谈话的好。"乔琪道："你一定要说话，我说葡萄牙话给你听。"当下低低的说了起来，薇龙侧着头，抱着膝盖，听了半晌，笑道："我又不懂你在说些什么。多半你在骂我呢！"乔琪柔声道："你听我的口气是在骂你么？"薇龙突然红了脸，垂下头。乔琪道："我要把它译成英文说给你听，只怕我没有这个胆量。"薇龙掩住耳朵道："谁要听？"便立起身来向人丛中走去。

初次见面，乔琪乔通过各种方式表达对薇龙的好感。先是用热烈的眼神看得薇龙浑身不自在，接下来在言辞间一味地讨好薇龙，说自己该打，竟然不知道薇龙，又感慨自己差点错过认识薇龙云云，听到薇龙说自己英文并不好，他立刻体贴地表示要让薇龙歇一歇，什么都不说，然后自己却用葡萄牙语低低地说了一番，并且暗示薇龙他是在向薇龙诉说爱意，薇龙当下红了脸。到这里，我们看到短短片刻的单独相处，薇龙的那颗单纯的少女心已经在乔琪乔巧舌如簧的明示暗示之下摇摇欲坠了。再加上"薇龙正因为卢兆麟的缘故，痛恨着梁太太。乔琪乔是她所知道的唯一能够抗拒梁太太的魔力的人，她这么一想，不免又向乔琪乔添了几分好感"。

这一次会面之后，睨儿提醒薇龙千万不能将乔琪乔作为自己爱情的目标，因为他在乔家并不得宠，又只会胡来，现在已经很拮据，"将来有得苦吃呢"！睨儿这番苦口婆心当然并不是真心为薇龙着想。她也从未将薇龙看成自己的主子，她不过是梁太太安插在薇龙身边的耳目。而且，她自己对乔琪乔也存着私心。但她的话还是基本属实的，薇龙听罢便下决心早早地收起和乔琪乔继续发展的心，处处防着他，不给他接近的机会。可梁太太的老情人司徒协对薇龙的觊觎，让薇龙顿时觉得如临深渊，如履薄冰，必须马上逃离。这时她才发现自己对于这里的生活已经上了瘾，要离开这儿，只能找一个阔人嫁了。然而"一个有钱的，同时又合意的丈夫，几乎是不可能的事。单找一个有钱的罢，梁太太就是个榜样……薇龙不愿意自己有一天变成这么一个人"。她唯一能够在感情上接受的，或者说，最合适的人选就是乔琪乔了。

这次选择对于薇龙而言，是她人生的第二个转折点。可惜的是，如同第一次她过高地估计了自己抵抗诱惑的能力，这一次她又过高地估计了乔琪乔浪子回头的可能性，她天真地以为"过去，乔琪不肯好好地做人……他的人生观太消极"是由于"他周围的人没有能懂得他的，他活在香港人中间，如同异邦人一般。幸而现在他还年轻，只要他的妻子爱他，并且相信他，他什么事不能做？即使他没有钱，香港的三教九流各种机关都有乔家的熟人，不怕没有活路可走"。其实，这只是薇龙一厢情愿的美好憧憬，真正的乔琪乔就是一个不学无术的纨绔子弟，他对薇龙的感情也根本谈不上爱，最初只是一时兴起的游戏，后来则因为薇龙是唯一肯真心待他的女孩子，他也坦诚地对待薇龙："薇龙，我不能答应你结婚，我也不能答应给你爱，我只能答应给你快乐。"这当然不是薇龙想要的承诺，可这对她而言已是最好的承诺了。在这个充斥着欺骗、陷阱和金钱的铜臭的世界里，他们对待彼此的真诚像是寒冷冬日里的一点微温，慰藉着彼此被冻得快要麻木的身心，却也更衬托出那彻骨的寒意。

几经周折后，在梁太太的一手策划下，薇龙与乔琪乔竟然结了婚。可这并不意味着薇龙逃出了梁太太的魔掌，相反，她和乔琪乔一起落入了梁太太的陷阱里。

（四）不是替乔琪乔弄钱，就是替梁太太弄人

如果说，薇龙在走进梁家就一步一步走向了物欲的深渊，那么，爱上乔琪乔则让她一步一步走进了情欲的陷阱里。她一错再错，最终彻底深陷其中不能自拔，直至最后不欲自拔，自甘堕落，"等于卖了给梁太太与乔琪乔，整天忙着，不是替乔琪乔弄钱，就是替梁太太弄人"。从此，她没有天长地久的计划，"只有在这眼前的琐碎的小东西里，她的畏缩不安的心，能够得到暂时的休息"。她的未来是"无边的荒凉，无边的恐怖"。

小说结尾，薇龙与乔琪乔在除夕夜去湾仔逛夜市，"两人一路走一路看着摊上的陈列品，这儿什么都有，可是最主要的还是卖的是人"。在半明半暗的街头，站着许多揽客的年轻女孩，一群英国兵误把薇龙当作了猎物，乔琪乔拉着薇龙一路狂奔，逃离那些烂醉的英国兵，回到汽车上，"乔琪笑道：'那些醉泥鳅，把你当作什么人了？'薇龙道：'本来吗，我跟她们有什么分别？'乔琪一只手管住轮盘，一只手掩住她的嘴道：'你再胡说——'薇龙笑着告饶道：'好了好了！我承认我说错了话。怎么没有分别呢？她们是不得已，我是自愿的！'"薇龙这番话说得看似轻松，实则无比凄凉。这是她对自己的嘲讽，也是对自我人生的深刻自省。

他们走出热闹的街市，"花炮啪啦啪啦炸裂的爆响渐渐低下去了，街头的红绿灯，一个赶一个，在车前的玻璃里一溜就黯然灭去。汽车驶入一带黑沉沉的街衢。乔琪没有朝她看，就看也看不见，可是他知道她一定是哭了。他把自由的那只手摸出香烟夹子和打火机来，烟卷儿衔在嘴里，点上火。火光一亮，在那凛冽的寒夜里，他的嘴上仿佛开了一朵橙红色的花，花立时谢了，又是寒冷与黑暗……"薇龙就是开在乔琪乔嘴边那朵橙红色的花，美虽美，在寒冷的冬夜里只是一刹那的绽放，瞬时便被寒冷与黑暗吞没。这便是薇龙的命运的真实写照。这段文字充满了张爱玲式的苍凉，这是繁华过后的冷清，狂欢之中的孤独，当一切浮泛的华美逝去，生命只剩下无涯的虚空、绝望与恐怖。

三、这一炉香的况味

与张爱玲的所有小说相似，我们可以从三个层面解读这个故事：关于人性；关于爱情；关于欲望。作家将自己对人性的思索贯穿在这个有关爱情与欲望的故事中。

（一）关于爱情

在葛薇龙走向堕落的过程中，爱情无疑是一副强劲的催化剂。如果她不沉迷在和乔琪乔的"爱情"里，她应该还有逃离这个鬼魅世界的可能性。可她偏偏不可理喻地"爱"上了乔琪乔。

前面我们已经看到，乔琪乔对薇龙的感情根本谈不上"爱情"，那么薇龙对乔琪乔的感情是不是"爱情"呢？她又"爱"上了乔琪乔什么呢？

薇龙和乔琪乔第一次见面是在梁太太擒获卢兆麟的园会上，那时薇龙正对卢兆麟的"背叛"懊恼不已，对梁太太当然也心存不满，可又敢怒而不敢言。乔琪乔的出现恰逢其时，他出场后做的第一件事就是搅扰正渐入佳境的梁太太与卢兆麟，这恰恰是薇龙想做而不能做也不敢做的，虽然纯属巧合，毕竟他无意之中对薇龙算得上拔刀相助了，因此薇龙对他的好感在相当程度上是出于感激。

除此而外，乔琪乔光鲜的外表、聪明的心机、知情识趣、温柔体贴、善于甜言蜜语等都是令所有女人都难以抗拒的，更何况是薇龙这样的年轻女孩。

"她现在试着分析她自己的心理，她知道她为什么这样固执地爱着乔琪，这样自卑地爱着他。最初，那当然是因为他的吸引力，但是后来，完全是为了他不爱她的缘故。"小说中的这段薇龙的自我心理解剖为我们揭示了薇龙"爱"上乔琪乔的第三个原因，那就是"他不爱她"，为什么"他不爱她"反倒成了她"爱"他的理由？其实仍然是女孩子的虚荣心在作怪：薇龙在遇见乔琪乔之前已经赢得了梁太太身边几乎所有男人的垂涎，这极大地满足了她的虚荣心，在潜意识里她的自我已极度膨胀，于是，她理所当然地认为乔琪乔也应当拜倒在自己的石榴裙下，可是，现实却是乔琪乔虽然对她表示了好感，却又向她坦白"我不能给你爱"，这让已经习惯被所有男人"爱"着的薇龙无法接受，所以，她必须要使他爱上自己，她必须要征服他，这样才能满足自己的虚荣心和由此而生的征服欲、占有欲。

最后，还有一层心理因素，那就是在这个充满虚伪的世界里，乔琪乔是唯一一个肯对她坦诚相待的男人，虽然他的坦诚很多时候只是令她备受伤害，但与其他男人只在意她这个"人"相比，乔琪乔有时还会顾及她的心和情感，还会多多少少让她感受到温暖。正是出于这几个方面的原因，薇龙才会"爱"上乔琪乔，可这分明已算不上爱，至少是掺杂了许多爱情之外的情感和心理因素，如果算爱，也只是一份委曲求全的"爱"。

也许我们过于苛责薇龙，毕竟她只是一个十几岁的少女，对人、对事的判断力不足。况且在她所处的环境里，在她的能力企及的范围内，在那种危急的时刻，乔琪乔确实是最合适的人选了。可是，后来，当她发现乔琪乔在刚和她约会后就偷偷和睨儿厮混的时候，她就应该彻底看清这个男人，对他不抱任何幻想，也不再给他任何机会。开始，她也是这样做的，她告诉梁太太自己要回上海，这本是个明智之举，如果她能坚持，最终也不会继续陷在这个烂泥坑里，可后来，在梁太太和乔琪乔的威逼利诱之下，她还是妥协了——她大病一场，病好之后选择留下。小说中通过一大段内心独白展示了这个过程中薇龙的真实心理：

> 她生这场病，也许一半是自愿的；也许她下意识地不肯回去，有心挨延着……说着容易，回去做一个新的人……新的生命……她现在可不像从前那么思想简单了。念了书，到社会上去做事，不见得是她这样的美而没有特殊技能的女孩子的适当的出路。她自然还是结婚的好。那么，一个新的生命，就是一个新的男子……一个新的男子？可是她为了乔琪，已经完全丧失了自信心，她不能够应付任何人。乔琪一天不爱她，她一天在他的势力下。她明明知道乔琪不过是一个极普通的浪子，没有什么可怕，可怕的是他引起的她那不可理喻的蛮暴的热情。

在这段文字中，可以看到薇龙对现有生活的留恋，她思想的巨大变化。这当然是环境使然，可是，薇龙自己的软弱、经不起诱惑也难辞其咎。是的，乔琪乔并不可怕，可怕的是他对她的诱惑，那不可理喻的蛮暴的情欲，让她无法把持自己，最终她原谅了乔琪乔，并和他结婚。当初，选择"爱"上乔琪乔就是个错误，现在她更是大错特错。

在薇龙的爱情悲剧中，张爱玲想要表达的是：盲目的"爱"，终将葬送自己。爱情本应是最感性的事情，真的爱也多少会有些盲目，但是面对爱情一定不能完全丧失理智。起初，薇龙只是"爱"上了一个不该爱的人，天真地期待浪子回头，后来，在看清了乔琪乔永远不可能给她期待的爱情之后，还执迷不悟地守在他身边，当然只能令自己遍体鳞伤，一败涂地。在这一点上，薇龙远不如丁玲笔下的莎菲果敢，决绝。莎菲离开凌吉士后还有机会获得新生，而薇龙只能在寒冷与黑暗中凋谢。

（二）关于欲望

与中国传统文人士大夫鄙视欲望、耻于谈欲望，甚至为"存天理"而"灭人欲"的态度截然不同，与一些出身乡村的现代作家以"乡下人"的立场拒斥现代都市欲望横流的态度也有所不同，出身都市的张爱玲从不否定欲望，在她的小说和散文中对世俗欲望的书写俯拾皆是。她认为欲望伴随人生命的始终，对于物欲和情欲的追逐并不可耻。在这一点上她更接近西方的"个人主义"立场。这部小说里的人物也都是一些"个人主义者"，无论主子丫头、男女老少，都在物欲与情欲的驱遣下一步步走向绝地，有的不仅不自知还乐在其中，如梁太太与司徒协；有的虽偶有一闪念的自知，却又无力挣脱欲望的摆布，直至最终彻底沦陷，如葛薇龙与乔琪乔。

小说中梁太太和葛薇龙两个形象互相映衬。二者是正衬，亦是反衬。一方面借梁太太的阴险狡诈、卑劣无耻反衬葛薇龙的单纯幼稚、善良无辜，让我们不禁为其"睁着眼走进了这鬼气森森的世界"扼腕叹息。另一方面，这两个女性形象又形成了正衬互补之态，虽然二人一善一恶，一个令人同情，一个让人厌恶，其人生经历看起来也大相径庭，但在本质上并无太大区别。虽然表现形式不尽相同，但事实上物欲是二人堕落的共同起点。梁太太力排众议嫁给梁季腾也好，葛薇龙去求助于梁太太也好，其实质都是为了在未来能够有更好的物质生活。这一出发点本身无可指摘。梁太太年轻时面对的现实是已经"破落"的家庭不可能攀得上她所期望的名门望族，于是为了金钱，她不顾家人的反对，自作主张嫁给年逾耳顺的香港富商梁季腾做姨太太，一心想着等丈夫死后分一笔遗产另嫁他人，未料到他"死得略微晚了一些——她已经老了"，于是，摆脱了丈夫和金钱几十年的束缚后，她那长期得不到满足的情欲骤然膨胀如洪水猛兽，她疯狂地将攫取异性作为全部的生活目标和内容，但她的心灵已在长久的压抑中变得扭曲，无论得到多少男人都"永远不能填满她心里的饥荒"。况且，她已经徐娘半老，虽风韵犹存却也无法将所有目标都轻松收入囊中，因此便先是用两个丫头睇睇和睨儿，后来又以侄女葛薇龙为诱饵去勾引被她看上的男人。如果说此前的一切"舍"与"得"还只是她自己的人生选择，别人无权干涉，也无权评判，至此，事情的性质已经发生了变化——她为了实现一己私欲，不惜伤害、牺牲别人，这无论如何也不能简单地用"个人主义者"来形容了，她已经成为一个贪婪、阴险、狡诈、冷酷、卑劣的"女疯子"。这也正是张爱玲在小说中客观呈现出来，并为我们每个阅读者不难感受到的。从为物欲满足而压抑情欲到物欲满足后情欲泛滥，从心甘情愿的自我选择到为一己私欲而不择手段，在这条不归路上梁太太走得义无反顾，她浑然不觉自己的人生是悲剧，一往无前地不断攫取着男性又不断制造着更多的悲剧。

葛薇龙开始并不是一个"一切向钱看"的女孩，她去找梁太太的本意是希望能够继续自己的学业。这看上去同打定主意"向钱看"的梁太太自然是不同的，但其终极目标不也是希望能够靠完成学业为自己将来能有更好的出路、更好的生活提供更大的可能性吗？因此，这与梁太太的初衷并无太大区别。也许有人会说初衷虽相近，但二人选定的实现途径——梁太太是选择去做姨太太，葛薇龙是选择求姑妈资助自己继续学业——可是相去甚远啊！但如果我们设身处地地仔细思考一下就会明白，那是因为二人所处的时代不同。梁太太和葛薇龙是两代人，梁太太的少女时期应当是清末民初这一历史时期，彼时，女子进新式学校读书者甚少，社会也并未向她们展现出通过这种方式即可有机会改变自己人生的蓝图。如若梁太太晚生20年，像葛薇龙一样生活在一个社会风气更开化的时代，即便是面对自己没落保守的封建家庭，也会像她当年力排众议成为梁季腾的姨太太那样，义无反顾地选择去读书，毕竟没有哪个年纪轻轻的女孩会愿意嫁给一个已经花甲之年的老头子。所以，归根结底，是时代的进步为葛薇龙提供了这种可能性，才让她有了这样的选择。当然，这选择更无可厚非。可惜，面对声色犬马的"上流"生活，葛薇龙几乎没有任何抗拒和挣扎就缴械投降了，这其中固然是因为作为姑妈的梁太太机关算尽、步步为营地拉她"下水"，但更是因其自身的虚荣和软弱所致，接着她很快又沉溺在情欲之中无力自拔，最终让自己一步一步走向毁灭。葛薇龙的将来如何？谁敢说和姑妈这么相像，又被姑妈悉心调教过的她将来绝不会成为第二个梁太太，将自己的悲剧继续复加到别的更年轻的女孩子们身上？

若以弗洛伊德的"人格结构理论"来分析这两个女性形象，可以看到开始时她们尚在努力以"自我"遵循"现实原则"（即通过嫁人或寻求继续学业的办法）努力协调"本我"（即物质生活的满足，亦即物欲）和"超我"（即社会道德标准）的需求，但在强大的物质诱惑下，"自我"与"超我"节节败退，最终"本我"如洪水决堤，一发而不可收。正像洪水肆虐必会导致泥沙俱下，欲望的无度膨胀也诱发、激化了其人性中的黑暗和丑恶。又如泥沙会加剧洪水的破坏力，人性之恶也会助长欲望的恶性膨胀。于是欲望与人性之恶如同水夹泥沙，互相裹挟着冲决一切、吞没一切，而她们自己在这个过程中也早已面目全非。她们是悲剧的制造者，却也是悲剧的"负荷者"。诚如张爱玲所言：她们是"软弱的凡人"，在这"不可理喻的世界里，谁知道什么是因，什么是果？"

对于她笔下的芸芸众生，张爱玲是怀着"广大的同情，慈悲，了解，安息"去体察、去书写的。她理解他们，也原宥他们，因为她同他们一样，生在这样一个"成千上万的人死去，成千上万的人痛苦着，跟着是惊天动地的大改革"的乱世。她说"乱世的人，得过且过"，她理解他们的身不由己，也理解他们在这"影子似的沉下去"的大时代里想拼命抓住点什么来填补自己灵魂的空虚。她又说："因为懂得，所以慈悲。"因为懂得在这乱世里"每一个人都是孤独的"；也懂得他们在灯红酒绿、纸醉金迷的浮华中虽欢悦着、热闹着，却也孤独着、寒冷着，懂得他们在戏终人散后必将走向独属于自己的那条"黑沉沉的街衢"，直至燃尽生命的最后"一炉香"；并且，她深知这一切都是早已注定好了的，谁也"逃不了"，所以她原谅他们的"苍白、渺小……自私与空虚"，甚至"恬不知耻的愚蠢"。

这便是张爱玲。都说她的小说苍凉，可谁能品咂出这苍凉的底子竟是对那些"不及太平犬"的"乱离人"的温情与悲悯？喜欢她的人那么多，真正能读懂她的有几个呢？

在封锁中暂时解封的人性
——详解《封锁》

《封锁》在张爱玲的小说集《传奇》中几乎算得上最短的一篇了。小说创作于1943年8月，胡兰成就是看到发表在《天地》上的这篇小说而对张爱玲的才华惊叹不已，数次向苏青索要张爱玲的住址。后二人因此文结识，展开了一段颇具传奇色彩的恋情。

一、封锁与被"封锁"的人

故事的开端如同电影般徐徐展开了画面感极强的一幕，一辆电车缓缓驶入我们的视线：

开电车的人开电车。在大太阳底下，电车轨道像两条光莹莹的，水里钻出来的曲蟮，抽长了，又缩短了；抽长了，又缩短了，就这么样往前移——柔滑的，老长老长的曲蟮，没有完，没有完……开电车的人眼睛盯住了这两条蠕蠕的车轨，然而他不发疯。

这里，没有熙熙攘攘的人群，没有鼎沸的人声，只有明晃晃的大太阳，看不到头的光莹莹的电车轨道，抽长了，缩短了；

抽长了，又缩短了，让人觉得恍然如梦，又仿佛置身旷野，地老天荒。

"如果不碰到封锁，电车的进行是永远不会断的。封锁了。"伴随着封锁的降临，都市日常生活秩序被打乱：

电车停了，马路上的人却开始奔跑，在街的左面的人们奔到街的右面，在右面的人们奔到左面。商店一律的沙啦啦拉上铁门。女太太们发狂一般扯动铁栅栏，叫道："让我们进来一会儿！我这儿有孩子哪，有年纪大的人！"然而门还是关得紧腾腾的。铁门里的人和铁门外的人眼睁睁对看着，互相惧怕着。

这一幕，是遇到封锁人们本能的反应，既是写实，却又极具象征性。"铁门"意象喻示"封锁"的坚不可摧。"铁门里""铁门外"是两个不同的世界，"铁门里的人"用一道门将自己和外界隔离开来，这不就是自我"封锁"吗？在他们看来，将自己"封锁"起来就获得了安全；而"铁门外的人"则试图冲破"铁门"进入"封锁"，然而"门还是关得紧腾腾的"，"铁门里的人和铁门外的人眼睁睁对看着"。这是非常滑稽、荒诞的一幕，照理，此刻人们惧怕的应该是随时可能降落的炮弹，可他们却"互相惧怕着"。

最初的慌乱过后，封锁中的都市呈现出一种滑稽、荒诞的特征：

街上渐渐的也安静下来，并不是绝对的寂静，但是人声逐渐渺茫，像睡梦里所听到的芦花枕头里的綷縩。这庞大的城市在阳光里盹着了，重重的把头搁在人们的肩上，口涎顺着人们的衣服缓缓流下去，不能想象的巨大的重量压住了每一个人。

上海似乎从来没有这么静过——大白天里！一个乞丐趁着鸦

雀无声的时候，提高了喉咙唱将起来："阿有老爷太太先生小姐做做好事救救我可怜人哇？阿有老爷太太……"

然而他不久就停了下来，被这不经见的沉寂吓噤住了。

还有一个较有勇气的山东乞丐，毅然打破了这静默。他的嗓子浑圆嘹亮："可怜啊可怜！一个人啊没钱！"悠久的歌，从一个世纪唱到下一个世纪。音乐性的节奏传染上了开电车的。开电车的也是山东人。他长长的叹了一口气，抱着胳膊，向车门上一靠，跟着唱了起来："可怜啊可怜！一个人啊没钱！"

一静一动。与开始的静若洪荒不同，这"静"里藏着蠢蠢欲动，果然，一个乞丐扯着嗓子唱将起来，可那声音把他自己吓坏了，他立刻就闭了嘴。然后，是一个山东乞丐，接龙似的继续唱下去，然后，是开电车的人跟着唱。这浑圆嘹亮的歌声达到的正是"蝉噪林愈静，鸟鸣山更幽"的效果，反衬出四周的寂静、荒凉。同时，也让我们感受到，封锁来临时都市人的无聊与空虚。

和街上的人相比，"电车里的人相当镇静"，因为他们也被电车"封锁"在一个和"铁门里"一样的密闭空间。此时此刻，这个小空间里的秩序并未因外界的"封锁"受到影响，封锁后的电车仍是一个秩序井然的"车厢社会"，车厢里各色人等与平素并无二致，仍在按部就班地各行其"事"：

有报的看报，没有报的看发票，看章程，看名片。任何印刷物都没有的人，就看街上的市招。他们不能不填满这可怕的空虚——不然，他们的脑子也许会活动起来。思想是痛苦的一件事。

他们在自己的周围画了一个个大大小小的圈子，将自己"封锁"起来，不与他人接触，也不允许他人进入。他们害怕思想，更准确地说是害怕面对自己的内心，因此，即便是百无聊赖之中互相交流也只是把注意力放在"他者"上：一群公事房的人热烈讨论的并非自己，而是一个不在场的"他"；那对中年夫妇全副精神注意的焦点都集中在要"那油汪汪的纸口袋与他的西装裤子维持二寸远的距离"；还有一群人围拢在一个医科学生周围看他作画，却都不明所以地妄加评论。

不得不承认，张爱玲对于世相的敏锐洞察。这一幕何等日常，日常到都市中的每个普通人虽然每天都在习惯性地重复着这样的动作，却早已无动于衷，浑然不觉其荒唐滑稽，而当作家将这一幕真实细致地展现于我们面前时，会令我们产生"于无声处听惊雷"的震撼之感。

故事的男女主人公华茂银行的会计师吕宗桢、申光大学的英文助教吴翠远亦是这都市芸芸众生中的普通人。此刻，他们也正如车上的其他乘客一样试图寻找到一点具体的事情打发眼前的空虚和无聊。吕宗桢本来捧着一包太太要他买的热气腾腾的包子，正在生他太太的闷气——她一点都不体贴他，让他来做这种事，实在是有失他的风度和体面。然而面对突如其来的封锁，他手里的包子竟意外地派上了用场——包包子的是一张旧报纸，于是，他开始仔细辨认那反印在包子上的铅字，看完包子上的字，看报纸上的字……直看到一无可看。而吴翠远此刻也拿出一摞卷子，打算判判卷子打发时间，填补这封锁带来的空虚。他们本无主动交流的欲望，只是由于董培芝的出现，才迫使吕宗桢打破自我"封锁"与吴翠远攀谈交流起来。但直至他们"谈起恋爱"也没有实现真正的相互理解，而当外界的封锁结束，他们又立刻恢复陌路，消遁于彼此的世界。

生活又回到原先荒谬、无聊、空虚的既定轨道上：

黄昏的人行道上，卖臭豆腐干的歇下了担子，一个人捧着文王神卦的匣子，闭着眼霍霍的摇。一个大个子的金发女人，背上背着大草帽，露出大牙齿来向一个意大利水兵一笑，说了句玩笑话。翠远的眼睛看到了他们，他们就活了，只活那么一刹那。车往前当当的跑，他们一个个的死去了。

…………

开电车的放声唱道："可怜啊可怜！一个人啊没钱！可怜啊可——"一个缝穷婆子慌里慌张掠过车头，横穿过马路。开电车的大喝道："猪猡！"

在作者笔下，现代都市生活就像是小说中"开电车的人开电车"一般，年复一年、日复一日地重复着一成不变的单调节奏，而穿梭于都市中的人却浑然不觉，他们被生活磨去了敏锐的触角，把自己封闭在一个狭小的空间里，空虚、无聊却不与外界交流，变得麻木、懒惰、胆怯，戴着各种角色面具行走在各自固定的轨道之上，忘记了自我的真实面目，忘记了内心最本真的欲求，浑浑噩噩。即便在最极端的情况下，他们本真的自我也只是偶尔闪现，一旦生活恢复了固有的节奏，他们的"自我"就像是乌壳虫一样"回到窠里去了"。这是现代人的悲哀，更是现代都市文明的悲哀。从这一点来看，可以说这是张爱玲所有作品中最具现代主义色彩的一部小说。

二、男人、女人与爱情

两性与爱情，构成了张爱玲小说的主要叙述模式。这篇小说也不例外。小说中的男女主人公仍是都市中的普通人。他们如同所有的都市人一样每天忙碌地扮演着各种角色——"他是会计师，他是孩子的父亲，他是家长，他是车上的搭客，他是店里的主顾，他是市民"；而她"在家里她是一个好女儿，在学校里她是一个好学生。大学毕了业后……就在母校服务，担任英文助教"。他是"老实人"，她是"好人"。他们行色匆匆，本无交集。可是在这突如其来的封锁中，由于一个突然出现的"程咬金"，他们竟鬼使神差地谈起恋爱来，一度几近谈婚论嫁。然而封锁过去后一切又风流云散，仿佛"打了个盹，做了个不近情理的梦"。

那么，在他们身上到底发生了什么？是爱情吗？这值得仔细探究。

小说中写到，他们起先并不在一处坐着，当电车里的一干人等都凑到那医科生旁去看他作画并议论纷纷的时候，吕宗桢"决定他是饿了"，正当他准备从容地品尝手里的菠菜馅包子时，突然看到了三等车厢里的一个远房亲戚董培芝，他对这董培芝深恶痛绝，因此，为了躲避董培芝，吕宗桢躲到吴翠远身边的空座位上，试图用吴翠远作掩护挡住自己，不被董培芝发现。但偏偏董培芝眼尖，已经发现了他，并向他走过来了，于是为了阻止董培芝对他"进攻"，他只得装出一副和她调情的样子。但事实上，他对这个陌生女人毫无兴趣，"他不怎么喜欢身边这女人。她的手臂，白倒是白的，像挤出来的牙膏。她的整个的人像挤出来的牙膏，没有款式"。因此，当他的计策奏效，董培芝退回三等车厢后，吕宗桢的言谈举止就立即正经起来。可见，他对她并无特殊的好感，更谈不上一见钟情。

那么，女主人公吴翠远如何呢？小说中交代，开始她也没有注意到坐在老头子身边的吕宗桢，当吕宗桢突然坐到她身边时，不明所以的她第一反应是"回过头来，微微瞪了他一眼……以为他无缘无故换了一个座位，不怀好意……脸板得纹丝不动，眼睛里没有笑意，嘴角也没有笑意，连鼻洼里都没有笑意"，当她"掉过头来，看见了他搁在她身后的那只胳膊，整个身子就僵了一僵"，可以看出，此刻她对这个陌生男人是充满了警惕和防备的，甚至将他当作一个不怀好意的男人。而后，不明真相的她一步步被吕宗桢的"情话"误导，最终走入了"爱的歧途"。起初吕宗桢对她说："你知道吗？我看见你上车。车前头的玻璃上贴着的广告，撕破了一块，从这侧面我看见你的侧面，就只一点下巴……后来你低下头去从皮包里拿钱，我才看见你的眼睛，眉毛，头发。"这番话本是吕宗桢为了能让她放松警惕，打开谈话局面的没话找话，吴翠远听到后却做出了两个基本判断：首先，在她上车时这个男人就已经注意到了她；其次，这个男人很注意她，仔细地观察了她。基于此，她进而判断他对自己颇有好感，因此现在才会坐到她身边搭讪。不仅如此，这还进一步刺激了吴翠远女性的自信心——在他眼里她是一个有魅力的女子。这对于平日里自觉普通平凡，甚至有些自卑的她来讲无异于注射了一针兴奋剂，她也立刻对他注意起来——"她又看了他一眼。太阳红红地晒穿他鼻尖下的软骨。他搁在报纸包上的那只手，从袖口里出来，黄色的，敏感的——一个真的人！"虽然她嘴里对他说的是"这种话，少说些罢！"但心里却"突然觉得炽热，快乐"。接下来，吕宗桢看到摊在她膝盖上的练习册便问道："申光大学……您在申光读书？"这本来也是吕宗桢心不在焉的随口一问,但到吴翠远的耳中又成了"他以为她这么年轻?"同时,她注意到,他的手臂已经不在那了,便误认为那是她端凝的人格所致(事实上是由于吕宗桢看到董培芝已经退回三等车厢了)。这一连串的误会让她觉得"不得不答话了"。在两人简单地攀谈中,她对眼前这个满腹牢骚的男人有了一个基本的判断:他是"一个思想简单的人。他需要一个原谅她,包涵她的女人",但对他并无多少好感可言。

如果没有接下来的意外,也就没有后来的故事了。恰巧此时街上一阵混乱,两人都本能地从车窗里探出头去张望,于是:

出其不意地,两人的面庞异常接近。在极短的距离内,任何人的脸都和寻常不同,像银幕上特写镜头一般的紧张。宗桢和翠远突然觉得他们俩还是第一次见面。在宗桢的眼中,她的脸像一朵淡淡几笔的白描牡丹花,额角上两三根吹乱的短发便是风中的花蕊。

他看着她,她红了脸,她一脸红,让他看见了,他显然是很愉快。她的脸就越发红了。

宗桢没有想到他能够使一个女人脸红,使她微笑,使她背过脸去,使她掉过头来。在这里,他是一个男子。平时,他是会计师,他是孩子的父亲,他是家长,他是车上的搭客,他是店里的主顾,他是市民。可是对于这个不知道他的底细的女人,他只是一个单纯的男子。

这意外的一瞬间让他们从对方眼里发现了自己。他对她的"看",最初只是出于本能的反应,但这近距离的凝眸,他竟有了新的发现:她还并非完全一无可看。因此便很自然地将目光在她脸上多逗留了几秒钟。这又很自然地令她红了脸,而她的脸红也让他突然意识到在她眼里"他只是一个单纯的男子",在忙碌的都市生活中,他只记得这个社会赋予他的种种角色,唯独忘掉了最本真的自我——一个男子。而且,在这个陌生女子眼里他甚至还是一个有魅力的男子,她一定是喜欢他,否则怎么会无端地对他脸红呢?这让他一下子找回了男人的自信,所以,他"显然是很愉快"。这才激起了他的"恋爱欲",令他对她展开了攻势。

她也一样,他的凝视让她突然发现,此刻在他的眼里自己只是一个女子,而且此前的种种迹象表明,对他来讲她仿佛还是颇具魅力的。而他的"愉快"也让她觉得,他是因为她才"愉快",因此"她的脸就越发红了"。至此,我们看到,这一对萍水相逢的男女终于从错位、不搭界的交流中摆脱出来,进入了一个良性互动的阶段。他们从彼此的目光中惊讶地发现了自己——卸下平日里重重的面具,他只是一个单纯的男子,她只是一个单纯的女子,还具有可以吸引、打动异性的魅力。在一切都被赋予了物质、功利色彩的现代都市中,这是多么难能可贵!于是,他们就这样谈起恋爱来了。他们是彼此相爱吗?当然不是。他们爱上的是这种被异性所认同、肯定、赞美、爱上(虽然这都是错觉)的感觉。

但即便如此,还是能看出二人其实是很不相同的。在与吴翠远开始这段"情缘"之前,吕宗桢以一个中年男人的阅历,"断定了翠远是一个可爱的女人——白,稀薄,温热,像冬天里你自己嘴里呵出来的一口气。你不要她,她就悄悄的飘散了。她是你自己的一部分,她什么都懂,什么都宽宥你"。因为她招之即来,挥之即去,他才敢和她谈情说爱。也正因此,他才敢对她说他打算重新结婚而不打算离婚的话。当然，他给自己找了一个堂而皇之的借口：女儿成绩优异，他不能毁了孩子们的幸福。很显然，他的意思是最多只能把她当作妾。至此可见这个男人对待女性、对待爱情甚至对待整个世界的基本态度和立场了，那就是他虽然对现实不满，想改变现状，却不愿付出任何代价。在他这儿，所有变化都不能伤及他的既得利益，不能破坏他已经拥有的一切。当她向他暗示不能接受这种安排时，他立刻便泄了气。然而，在反省时他却将自我批评的重点放在自己的年龄上："是的，你这话对。我没有这权力。我根本不该起这种念头……我年纪太大了。我已经三十五岁了。"仿佛这才是他和身旁这个年轻女子间不可逾越的鸿沟。这当然也符合中国传统的婚姻观，即所谓"门当户对""郎才女貌"，从男女双方的年龄、相貌、身高到家庭、财产、社会地位，外在的一切"条件"都要匹配登对，唯一不必在意的是彼此是否有感情基础。如若没有后来她的暗示鼓励，他一定是就此作罢了，但就在她暗自决定接受他，而他也重整旗鼓准备进攻时，封锁行将开放的消息传来，于是，他用苦楚的声音向她说："不行！这不行！我不能让你牺牲了你的前程！你是上等人，你受过这样好的教育……我——我又没有多少钱，我不能坑了你的一生！"其实，他并不是真的替她考虑，而是在为自己找退路，做好了"撤退"的准备。果然，当封锁结束，"他突然站起身来，挤到人丛中，不见了……他走了。对于她，他等于死了"。一切就此结束。吕宗桢为我们上演了一幕极具反讽意味的荒唐闹剧。

然而，对吴翠远来说就截然不同了。她从一开始就被蒙在鼓里，从吕宗桢坐到她身旁起，她就误认为是这个男人对自己有意，随后，她的判断一步步得到了确证，在很短的时间内，他竟然向她试探求爱，甚至谈婚论嫁。这离奇的遭遇像极了言情小说中的桥段，对一个从未涉足爱情的年轻女孩来说，无疑是极具浪漫色彩和诱惑力的。但对方却是一个"没有钱而有太太"的中年男子，这又让"出身好人家"的她进退两难。因此，她的内心是矛盾、纠结的。一方面，过去的25年里，她一直被"好女孩"的藩篱束缚着，"在家里她是一个好女儿，在学校她是一个好学生"。"好"一是"品行好"，二是"成绩好"，这"两好"都意味着家人也好，老师也好，都无须为她操心，也就意味着在她的成长过程中是缺乏爱与关注的，故而在她的内心深处长久以来压抑着对爱的极度渴望。这样一个"好"女孩，大学毕业后留在母校服务，担任英文助教，照理说也应当是一个好老师，但吴翠远却觉得在学校里从校长到教授、学生、校役……谁都看不起她，因为她不曾出过洋。这固然是因为她确实感受到了来自学校里的鄙夷，但更主要的却还是长期以来被周遭漠视所产生的自卑感所致。这么一个缺乏存在感和自信心的女孩，突然遇到了一个对她一见钟情的男人（当然，这一切都是她的误会），自然会欣喜若狂，很轻易地被打动。同时，由于长期以来的束缚，也让她对"好"产生了一种抗拒和逆反的心理，特别是对于"要她找个有钱的女婿"的家人——"那些一尘不染的好人"，她甚至生出一种憎恶与恨，进而产生了与"没有钱而有太太"的宗桢在一起，来"气气他们也好"的心理。但另一方面，对于上过大学、接受过高等教育的吴翠远来说，又很难接受一个"打算重新结婚"却"不能够离婚"的男人。更何况，她自己也是不自由的，即便她愿意，她的家人也不会同意。因此，在面对这个男人的求爱时，她就显得游移不定，时而迎合，时而抗拒；时而鼓励，时而畏缩。

几经纠结，就在她要下决心接受他时，传来了封锁行将结束的消息，他的态度也发生了逆转，可以想见她在听了他那一番为自己临阵脱逃编排的借口、托词心里会如何绝望：

翠远想道："完了。"以后她多半是会嫁人的，可是她的丈夫决不会像一个萍水相逢的人一般的可爱——封锁中的电车上的人……一切再也不会像这样自然。再也不会……呵，这个人，这么笨！这么笨！她只要他的生命中的一部分，谁也不希罕的一部分。他白糟蹋了他自己的幸福。那么愚蠢的浪费！

从这段文字和二人在此前的一系列对话中我们可以看出，吴翠远与吕宗桢不同，与张爱玲小说中的绝大多数"女结婚员"也不相同，她虽然同她们一样也在意"婚姻"，但她最期待的却是"爱情"。她虽然明白那只是"他的生命中的一部分，谁也不希罕的一部分"，却仍然愿意为了"爱"，委曲求全——只要他爱她，她甚至可以只做他的妾或情人。

可惜他不明白，他以为她要的是明媒正娶的婚姻，"他白糟蹋了他自己的幸福。那么愚蠢的浪费！"于是，"她哭了，可是那不是斯斯文文的，淑女式的哭。她简直把她的眼泪唾到他脸上"。这哭里恐怕不仅仅是伤心和失望，还有委屈，他自然是无法明了的。她期待一个"真的人"，他却只是一个"好人"。

经过这样一番梳理，我们会发现，在这场短暂的"恋爱"中，男主人公吕宗桢始终是游离于爱情之外的。他是凭借吴翠远的眼光和感受发现了自己的男性魅力，唤醒了他作为一个男性的性别意识，激发了其雄性荷尔蒙的分泌，才从最初的假装调情转变为后来的"正经求爱"。但他始终同吴翠远的"情感至上"相去甚远,他是在对吴翠远进行了一番观察之后断定她是一个招之即来、挥之即去的女子,才和她谈起恋爱,也就是说从一开始他就做好了随时抽身而退的准备,谈情说爱只是他在封锁期间一时兴起的游戏。而吴翠远虽是由于受吕宗桢的"调情"所蒙蔽,一步一步陷进自以为是的"爱情"之中,实属"自作多情",但至少,她自始至终都是真诚的,而且,对于吕宗桢,她所期待的只是"爱情"而已。这正是张爱玲的爱情理想:"爱,就不问值不值得。"

或许当年胡兰成正是从这篇小说洞悉了张爱玲这种单纯的爱情观,才向她一步一步设下温柔陷阱,而张爱玲也果然为了爱奋不顾身,不计较胡兰成的身份、地位和他有妻室甚至有外室的事实。小说中男女主人公吕宗桢与吴翠远仿佛就是胡兰成与张爱玲的化身。胡、张二人因这部小说结缘,可它却成为胡、张恋情的预言和谶语。

三、现实、理想与存在

在这篇小说中,张爱玲表达了她对现实、理想与存在这样一些人生终极命题的现代性体验和思考。

首先,张爱玲在这篇小说中为我们展现了现实生活的琐碎、平庸和无意义。小说开头的那段关于电车的文字就是对现代人生活的象征性描写,在作者看来,这就是都市人生的写照。那没完没了的车轨就是都市人生活轨迹的写照,单调、乏味,令人窒息、惶惑、发狂,然而都市中的人们同那电车和开电车的人一样，天天行走其上，将自己"封锁"于固定的轨道上，早已习惯，甚至麻木，他们"不发疯"！而小说中的"车厢社会"就是整个现代社会的缩影。无论是从公事房回来的那群人还是那对中年夫妻，抑或是手里搓着核桃的老头子、捧着包子的吕宗桢、批卷子的吴翠远，人们无一例外都将自己"封锁"于平凡、琐屑的日常生活中，只顾忙着应付眼前的现实，正如小说中吕宗桢对吴翠远说的："当初在学校里的时候，忙着运动，出了学校，又忙着混饭吃……忙得没头没脑。早上乘电车上公事房去，下午又乘电车回来，也不知道为什么去，为什么来！我对于我的工作一点也不感到兴趣。说是为了挣钱罢，也不知道是为谁挣的！"这就是现代都市人的生存状态，像一个个不停转动的陀螺，转得别人眼花缭乱，自己晕头转向，却不知道为什么转，有什么意义。很显然，张爱玲对于现代人的这种生存状态是持批判和否定态度的。

其次，作家借吕宗桢和吴翠远这两个人物，表达了她对于理想人性与理想人生的期待，即期待"真的人"，她希望现代人能够真实地面对别人，真实地面对自己，以最本真的面目去生活。同时，她借这部小说也表达了她对理想爱情的认识，即只是出于男、女两性自然而然的相互吸引和爱慕，而非附加了家庭、金钱、地位等诸种外在条件的"爱情"。

但是，最终张爱玲还是为我们揭示了平庸现实生活的强大力量对理想人性与人生之诗意和激情的"封锁"。小说结尾处写道：

饭后，他接过热手巾，擦着脸，踱到卧室里来，扭开了电灯。一只乌壳虫从房这头爬到房那头，爬了一半，灯一开，它只得伏在地板的正中，一动也不动。在装死么？在思想着么？整天爬来爬去，很少有思想的时间罢？然而思想毕竟是痛苦的。宗桢捻灭了电灯，手按在机栝上，手心汗潮了，浑身一滴滴沁出汗来，像小虫子痒痒的在爬。他又开了灯，乌壳虫不见了，爬回窠里去了。

这里的"乌壳虫"就象征着人生的诗意与激情，当人置身于光天化日之下、众目睽睽之中，它便蛰伏不动，隐藏起来，当灯灭了，走出公众的视野，它便蠢蠢欲动，爬来爬去，可这只是一瞬间，最终它还是"爬回窠里去了"。

此外，在这部小说中还渗透着一种现代人的孤独感和存在的虚无之感。在那辆被封锁的电车中，人与人之间几乎没有沟通与交流，即便有，也多是无效的甚至是错位的。小说中，男女主人公吕宗桢与吴翠远并没有主动交流的欲望，只是由于董培芝的出现，才迫使吕宗桢打破自我"封锁"开始与吴翠远交流，但他们的交流和沟通从始至终都是错位的。这是一出"阴差阳错"的"恋爱"，而"恋爱"过程中，二人也还是无法有效沟通，到最后就连这"阴差阳错"都无法维持，当封锁结束，他们又各归其位，成为陌路。

不仅如此，小说中还有一幕也令人玩味："电车里，一位医科学生拿出一本图画簿，孜孜修改一张人体骨骼的简图。其他的乘客以为他在那里速写他对面盹着的那个人。大家闲着没事干，一个一个聚拢来，三三两两，撑着腰，背着手，围绕着他，看他写生。"大家议论纷纷，却都是驴唇不对马嘴，还自以为是。尽管如此，那个学生却不与他们沟通，就任凭这群人误解。

这一幕一幕，让我们看到了现代社会中人与人之间的隔膜，无论是有意还是无意，张爱玲传达了类似存在主义哲学家萨特的

"他人即地狱"的思想，即人与人之间无法实现真正的交流与沟通。正如她在散文《烬余录》中所言："时代的车轰轰的往前开，我们坐在车上，经过的也许不过是几条熟悉的街衢，可在漫天的火光中也自惊心动魄。可惜我们只顾忙着在一瞥即逝的店铺橱窗里，找寻我们自己的影子——我们只看见自己的脸，苍白，渺小；我们的自私与空虚，我们恬不知耻的愚蠢——谁都像我们一样，然而我们每人都是孤独的。"

小说中这一场"来如春梦不多时，去似朝云无觅处"的都市"快餐恋情"事实上是张爱玲对于爱情神话的终结，它喻示着，都市无爱情，正如诗人徐志摩的《偶然》中所抒写的："我是天空里的一片云，/偶尔投影在你的波心——你不必惊异，/更无须欢喜——/在转瞬间消灭了踪影。//你我相逢在黑夜的海上，/你有你的，我有我的，方向；/你记得也好，/最好你忘掉，/在这交会时互放的光亮。"在瞬息万变的都市中，爱情如镜花水月般虚无缥缈。爱情如是，一切皆如是！

现代都市中熙熙攘攘的人群里，每个生命个体都是孤独的，一切皆是虚无的，那么存在的意义又是什么呢？作者在小说中借女主人公吴翠远表达了自己的感受：

生命像圣经，从希伯莱文译成希腊文，从希腊文译成拉丁文，从拉丁文译成英文，从英文译成国语。翠远读它的时候，国语又在她脑子里译成了上海话。那未免有点隔膜。

从这隔膜中透露出来的恐怕还是虚无与荒谬吧？

这种存在的荒诞之感还体现在作者对世俗的伦理道德观念和传统价值体系的重审上——究竟何为"真善美"，何谓"假恶丑"？在传统道德观的范畴内，与"真"所对应的是"善"（即好）和"美"；而"假"所对应的是"恶"（即坏）和"丑"。可这部小说却彻底颠覆了这一模式。小说中写到，在世俗的人们看来，吕宗桢是个"老实人"，而吴翠远也是一个"好人"，在传统价值体系中，应当与"真"和"美"相对应，可事实却是，他们只是戴着各种人格面具在"装假"，而当他们在封锁中彼此发现最本真的对方和自己只是一个孤独的渴望爱情的男人和女人的时候，当他们在萍水相逢的那一瞬间谈情说爱，甚至谈婚论嫁释放最本真的自我情感的时候，无疑，在世俗的价值观念中会被贴上不道德的（即恶的，丑的）标签。

人孤独时可以保有真实的自我，却往往苦于孤独，渴望摆脱孤独被他人理解，于是我们选择进入人群，可一旦如此，便不得不伪饰自己，戴上假面，装成别人喜欢的样子，成为别人眼中的"好人"，却丧失了最本真的自我。"真"与"善"仿佛"鱼"与"熊掌"一样不可得兼。生活在现代都市中的人们往往是舍"真"而求"善"。但是这"善"，不仅与"真"形成对立之势，还与"假"沆瀣一气，终至"丑"态百出。人类的不断进化，社会的不断进步，并未让人趋近"真善美"，而是相反，将人推向"假恶丑"的境地。更可悲的是，人们身在其中却浑然不觉其"丑"与"恶"，反而坦然地沉溺在以"善"为名的"丑""恶"泥淖中。

张爱玲以不到8000字的篇幅，不仅写出了现代都市男女空洞乏味的情感状态、人生状态，还写出了社会、现实对人性、理想的束缚、压抑与摧残，并深刻表现了存在的无奈与荒谬，其感受之敏锐、笔力之老辣，令人惊异，无怪乎胡兰成读毕便"瘖寐思服"了。

欲望杀人
——精品《金锁记》

《金锁记》是张爱玲最具代表性的作品，也是获得最高评价的一部作品。这是一部"女性史"，通过女主人公曹七巧的一生展现了女性在封建家庭和男权社会中从备受摧残到终而"被吃"，逐渐转变为封建家庭和男权社会的帮凶。从"被吃者"转变为"吃人者"的全过程，呈现了这个旧式女子可悲、可怜又可恨的人生。同时也勾连出和她息息相关的几个人，特别是几个女性的命运。

这部小说在人物性格的塑造方面历来备受称赞。但大多数研究者的目光都集中在小说的主人公曹七巧身上，其实除了七巧，小说中玳珍、兰仙、云泽、季泽、长安、长白、芝寿几乎每个正面出场的人物都栩栩如生，即便是没有正面出场的老太太，作者通过侧面烘托，也让我们觉得音容笑貌如在眼前，真是得了《红楼梦》的真传。

一、三个女性

（一）七巧

不得不说，小说的女主人公曹七巧是张爱玲为中国现代文学贡献的一个极具思想和艺术高度的典型形象。作家对七巧的"为人女""为人妻（为人媳）""为人母（为人婆）"这三个阶段做了详尽的记录。

对于少女时期的七巧，张爱玲并未进行浓墨重彩的正面描写，只是通过她自己在后两个人生阶段的两次回忆进行了侧面描写。第一处是在七巧嫁入姜家几年后，哥嫂来探望她，她一边怨恨他们当年为巴结高门大户将她嫁给身患残疾的丈夫，一边又出于对姜家的报复，偷偷将她私藏的"新款尺头送与她嫂子，又是一副四两重的金镯子，一对披霞莲蓬簪，一床丝棉被胎，侄女们每人一只金挖耳，侄儿们或是一只金镙子，或是一顶貂皮暖帽，另送了她哥哥一只珐琅金蝉打簧表"，待送走哥嫂后，她独自回忆她的"曹大姑娘"时代：

……临着碎石子街的馨香的麻油店，黑腻的柜台，芝麻酱桶里竖着木匙子，油缸上吊着大大小小的铁匙子。漏斗插在打油的人的瓶里，一大匙再加上两小匙正好装满一瓶——一斤半。熟人呢，算一斤四两。有时她也上街买菜，蓝夏布衫裤，镜面乌绫镶滚。隔着密密层层的一排吊着猪肉的铜钩，她看见肉铺里的朝禄。朝禄赶着她叫曹大姑娘。难得叫声巧姐儿，她就一巴掌打在钩子背上，无数的空钩子荡过去锥他的眼睛，朝禄从钩子上摘下尺来宽的一片生猪油，重重的向肉案一抛，一阵温风直扑到她脸上，腻滞的死去的肉体的气味……

第二处是年老的七巧寿终正寝，"似睡非睡的横在烟铺上"，眼前又一次浮现出了那可能在她的记忆中无数次温习过的旧光景：

……十八九岁做姑娘的时候，高高挽起了大镶大滚的蓝夏布衫袖，露出一双雪白的手腕，上街买菜去。喜欢她的有肉店里的朝禄，她哥哥的结拜弟兄丁玉根，张少泉，还有沈裁缝的儿子。喜欢她，也许只是喜欢跟她开开玩笑，然而如果她挑中了他们之中的一个，往后日子久了，生了孩子，男人多少对她有点真心。

从这两段极其相似的文字中可以看到，那时的七巧，日子虽然辛苦些，却有滋有味。那时的她身心康健，思想单纯，无忧无虑。那时的她对爱情和未来有美好的憧憬和向往。

人本主义心理学家马斯洛认为，人的基本需要具有层次性。在通常情况下以生理需要、安全需要、归属与爱的需要、尊重需要和自我实现需要的顺序排列，形成需要的层次结构。少女时期的七巧是一个拥有青春活力的姑娘，喜欢她的有哥哥的结拜兄弟丁玉根、张少泉，肉铺的朝禄，还有沈裁缝的儿子。根据需要层次理论，这个时期的七巧在生理需要、安全需要以及归属与爱的需要上都是可以获得满足的。熟悉的环境可以带给七巧最基本的安全感，同时又被很多人"爱"着，她为家里打理着麻油店的生意，能得到周围人的尊重，也能够获得自我实现的满足感。她的生活呈现出一副简单美好又有着些许小琐碎的模样，这让七巧的内心也充满了单纯的小憧憬。

她本有机会过上幸福的平凡生活，可她的命运不由自己做主，哥哥曹大年为了钱把她嫁入姜家给身患骨痨的姜二爷做偏房。由于二爷娶不到门当户对的正室，姜家老太太才将其扶正，目的在于让她用心伺候二爷。她的人生被彻底改变，短短四五年，就让她像是"换了个人"，变得"疯疯傻傻，说话有一句没一句，就没一点儿得人心的地方"。这便是小说开篇呈现在我们面前的那个七巧：

众人低声说笑着，榴喜打起帘子，报道："二奶奶来了。"兰仙云泽起身让坐，那曹七巧且不坐下，一只手撑着门，一只手撑了腰，窄窄的袖口里垂下一条雪青洋绉手帕，身上穿着银红衫子，葱白线香滚，雪青闪蓝如意小脚裤子，瘦骨脸儿，朱口细牙，三角眼，小山眉，四下里一看，笑道："人都齐了。今儿想必我又晚了！怎怪我不迟到——摸着黑梳的头！谁教我的窗户冲着后院子呢？单单就派了那么间房给我，横竖我们那位眼看是活不长的，我们净等着做孤儿寡妇了——不欺负我们，欺负谁？"

这段文字可谓活色生香，综合运用各种表现手法，颠覆性地将"另一个"七巧展现在我们面前。首先是动作描写，"一只手撑着门，一只手撑了腰"这样简简单单一个动作就将七巧的刁蛮、缺乏教养刻画得淋漓尽致。接下来是肖像描写，先从衣着入手，这里出现了雪青、银红、葱白、蓝等色彩，衣着色彩的搭配体现了一个人的审美眼光，从这些"大红大紫"的色彩我们可以看出七巧的俗气；"瘦骨脸儿，朱口细牙，三角眼，小山眉"和后面的语言描写则更凸显了其尖牙利嘴、刻薄的个性。

如果说这段文字中更多表现的是七巧的刁蛮和尖刻的话，接下来她对玳珍、兰仙、云泽所说的话语则充满了粗鄙与下流。那么在这短短几年间到底发生了什么，让她变成这样一个粗俗、刁蛮、刻薄的女人？

我们还需要回到马斯洛的需求层次理论。嫁入姜家后的七巧的各种层次的需求是否能够得到满足呢？首先，由于丈夫是一个骨痨病人，她的基本生理需求得不到满足，"为了要按捺她自己，她迸得全身的筋骨与牙根都酸楚了"。其次，正如她自己所言，姜家"一家子都往我头上踩，我要是好欺负的，早给作践死了，饶是这么着，还气得我七病八痛的！"因此，她缺乏最起码的安全感。姜家对她而言就是一个镀着黄金的囚笼，这里没有温暖，更没有爱。在这个家中，她虽名为二奶奶，却被人排斥、鄙视，连丫头、老妈子都瞧不起她。她作为一个正常人的一切需求都得不到满足。在这样的环境中生活当然会让她备受煎熬、痛苦不已。她也努力试图改变这一状况。既然在这个家中她什么都得不到，那么她也不会将这些情感施予他们，她要将他们施予她的加倍返还，那就是加倍的尖酸刻薄，用自己特有的张扬和粗俗让所有人感到不舒服、不痛快，让自己的内心得到些许满足和平衡。

而另一方面，"本我"长期压抑得不到释放，致使七巧的心理越来越扭曲。扭曲的心理也使七巧越来越刻薄，越来越低俗。她妄自揣测云泽的心思，在老太太耳边嚼舌根，说云泽思嫁心切，气恼了云泽。在季泽面前，"她嘴里说笑着，心里发烦，一双手也不肯闲着，把兰仙揣着捏着，捶着打着。恨不得把她挤得走了样才好"。作为一个正常女性，七巧将自己得不到的幸福、压抑着的欲望映射到了自己身边的女性身上。她对云泽和兰仙是嫉妒的。云泽的身上有着她再也找不回的少女时期单纯而美好的影子，而兰仙则拥有一个她无法拥有的身体康健的丈夫。七巧在老太太跟前"造谣"，对兰仙"揣着捏着，捶着打着"，都是其"本我"的一种变相发泄和畸形的释放。这时的七巧，其"本我""自我"和"超我"已然不能达到一个平衡的状态，其内心的压抑亟待释放。她能找到的唯一途径就是偷情，而在这个家中唯一可能的目标便是季泽。可季泽又偏偏不肯就范。无奈之中，她只能将所有的希望都寄托在金钱上。这里，金钱不过是反复被"自我"压抑的"本我"找到的替代物，七巧对黄金的占有欲，来源于"自我"满足不了"本我"中的性欲、自尊欲等原欲而采取的心理补偿。

十年之后，她终于熬出了头，丈夫、婆婆相继过世。她终于分得了一笔财产自立门户，成为一家之主。她下定决心要守住这"她卖掉她的一生换来的几个钱"，为了守住金钱，她自铸了一副更加坚固的"金锁"，为自己戴上"黄金的枷"。面对季泽主动示爱，七巧一度心旌摇荡，仿佛"沐浴在光辉里，细细的音乐，细细的喜悦"。她回想自己痛苦的半辈子，觉得之前所经历的一切煎熬都值得，甚至认为嫁进姜家就是"为了要遇见季泽，为了命中注定她要和季泽相爱"。"本我"美化了她这些年的行为目的，美化了她的行为对象，"超我"让位于高涨的"本我"，"自我"试图完全满足其需要，满足她被爱、被尊重的诉求——直到她想起了钱。这也将七巧的自然原欲由正常冲动引入到变态发泄中。乱世艰难，"自我"的现实性原则在关键时刻提醒她金钱对生活的重要性，而这必然要阻碍情欲冲动。于是七巧陷入了两难的境地，如果选择季泽，就得甘心被他骗钱，但是能满足本我冲动；选择钱财，就会永远压抑性爱需求。为了钱她最终还是放弃了这最后的机会。姜季泽离开了，她提着裙子丧魂落魄地跑上楼站在窗口望着季泽的背影"一颗心直往下坠"，"只是淌着眼泪"，内心痛苦之极。这次的"本我""自我"与"超我"的交战，是她生命中的转折点。当她拒绝了季泽，也就意味着，她彻底扼杀了自己的情欲，将"本我"再度压抑下来。这之后，"过了秋天又是冬天，七巧与现实失去了接触。虽然一样的使性子，打丫头，换厨子，总有些失魂落魄的"。然而，被压抑的"本我"并不会消失，只是蛰伏起来，伺机而动，如果不能直接实现，就会以转弯抹角的方式发泄其能量。

由于"本我""自我""超我"长期处于极度的不平衡状态，七巧的心理严重扭曲变态。最终导致的结果就是她对自己的儿子产生一种畸恋，即所谓"恋子情结"。这一生中，她的身边没有任何一个可以指望和依靠的男人，现在，她能留得住的只有自己的儿子了。在长白出去鬼混之前，七巧从没有给他娶媳妇的打算，而迎娶芝寿，纳绢姑娘为妾，甚至诱使长白染上烟瘾，也都只是为了把长白留在身边，只是七巧维护其内心隐秘的"恋子情结"的权宜之计。她将儿子当成自己的心灵寄托和安慰，填补自己多年来缺乏异性陪伴的空虚。当她发现儿子跟着季泽开始逛妓院，她知道自己这个做母亲的再也无法将其留在身边了，只好"手忙脚乱替他定亲"，希望通过这种方式将儿子留在家中。可是儿媳进门后她却又心存妒恨。一者，芝寿和绢姑娘以妻妾的身份"名正言顺"地占有了长白，这样的占有，是内心极度空虚、扭曲的七巧所不能接受的。她接连几天让长白陪自己整夜整夜地抽大烟，向他探听他们夫妻间的隐私。听着长白谈论自己的新媳妇，她"又是咬牙，又是笑，又是喃喃咒骂，卸下烟斗来狠命磕里面的灰，敲得托托一片响"。七巧的这般表现反映了她复杂的内心情感，既有对芝寿的妒恨，也有对自己多年来欲望压抑的不满，同时，长白的讲述也让她压抑的情欲得到了变相、畸形的发泄和满足。二者，同为女性，芝寿和绢姑娘所得到的是七巧一直以来的奢望。相较于自己的父亲而言，长白有着健康的肉体，芝寿和绢姑娘能拥有这样的丈夫，自然让七巧的心理更加不平衡。于是，她用自己的粗俗下流和刻薄去对待自己的儿媳，对她们施以精神上的虐待，并最终活生生地逼死了芝寿和绢姑娘。

相较对儿子的畸形依恋，对女儿长安，七巧则心怀妒忌。这种"妒女情结"使她无法容忍女儿拥有甜蜜的爱情和理想的婚姻。女儿从小就生活在七巧制造的巨大阴影中，在和童世舫相处后，约会回来的长安"时时微笑着"，这幸福的表情刺激了七巧多年来缺乏爱情、压抑性欲的自卑心理。她使出各种手段破坏女儿的爱情和婚姻，甚至不惜捏造女儿抽大烟的情节，破坏长安在童世舫心中的印象，彻底断送了女儿的幸福，将女儿拉回到跟她同样爱情缺失、原欲得不到满足的境地，活活地造就出个新的七巧。

30年来，七巧自己"戴着黄金的枷"，用一个"疯子的审慎与机智"，将一双儿女也禁锢其中。"多年的媳妇熬成婆"后，当她能够主宰别人的命运时，七巧并没有主动避免自己的悲剧在儿女身上重演，反而变本加厉，"用那沉重的枷角劈杀了几个人，没死的也送了半条命"。

（二）长安

长安是小说中更加让人唏嘘不已的一个女性形象。张爱玲塑造这个形象就是要和七巧形成对照和衬托。与母亲七巧相比，长安出生在姜家这样一个大户人家，本应该有比母亲更好的成长环境和生活轨迹。可是在母亲的专制管束和迫害之下，她重蹈母亲的覆辙，成为七巧人生悲剧的延续。

小说中详细讲述了长安成长过程中的几个重要事件。

首先是裹脚。这是七巧对长安的第一次摧残与迫害。起因是七巧的侄子、曹大年的儿子曹春熹到七巧家小住。他和长安、长白玩闹时被七巧看到，认为侄子是受兄嫂的指使来勾引女儿长安，图谋她的家产。在赶走春熹后，七巧决定为长安裹脚，为的是"管得住"女儿。表面看，裹脚是对长安肉体的摧残，可是备受摧残的还有长安的自尊心，因为"这时连姜家这样守旧的人家，缠过脚的也都已经放了脚了，别说是没缠过的，因此都拿长安的脚传作笑话奇谈"。这样一个十三四岁的女孩子，正值自尊心最强烈也最脆弱的年华，如何能承受这双重折磨？长安也因此感到自卑，抬不起头来。

其次是上学和退学。"姜家大房三房里的儿女都进了洋学堂读书，七巧处处存心跟他们比赛着"，为了自己的面子，七巧便让长白去上学，无奈长白不肯去，这桩好事才落到长安头上。这对长安来讲是人生中第一次改变命运的机会。"长安换上了蓝爱国布的校服，不上半年，脸色也红润了，胳膊腿腕也粗了一圈。"可好景不长，七巧本来就心疼花钱，恰巧长安丢了一条褥单，七巧便以此为由，扬言要到学校大闹。这让长安觉得颜面尽失，"她宁死也不到学校里去了"。退学后，长安"在街上遇着了同学，脸上红一阵白一阵，无地自容，只得装做不看见，急急走了过去。朋友寄了信来，她拆也不敢拆，原封退了回去"。这次退学风波再一次对长安的自尊心形成重创。此后，她就朝着母亲的方向发展了。

她渐渐放弃了一切上进的思想，安分守己起来。她学会了挑是非，使小坏，干涉家里的行政。她不时的跟母亲怄气，可是她的言谈举止越来越像她母亲了。每逢她单叉着裤子，撜开了两腿坐着，两只手按在胯间露出的凳子上，歪着头，下巴搁在心口上凄凄惨惨瞅住了对面的人说道："一家有一家的苦处呀，表嫂——一家有一家的苦处！"——谁都说她是活脱的一个七巧。她打了一根辫子，眉眼的紧俏有似当年的七巧，可是她的小小的嘴过于瘪进去，仿佛显老一点。她再年青些也不过是一棵较嫩的雪里红——盐腌过的。

七巧在十几岁的时候还是一个健康、活泼、充满青春活力的女孩子，而长安在母亲的摧残之下，早早地就变成了一个怨妇的样子。

接下来是恋爱和失恋。由于七巧对长安的婚事怀着不可告人的阴暗心理，长安的婚事一拖再拖，到了三十岁还没有嫁人。在季泽女儿长馨的帮助下，长安与留学归国的童世舫相恋。这是长安人生中第二个改变命运的契机。

这在长安的一生中是"顶完美的一段"，因此小说中，对几个重要场景做了细致的描写，首先是相亲的场景：

长安在汽车里还是兴兴头头，谈笑风生的，到菜馆子里，突然矜持起来，跟在长馨后面，悄悄掩进了房间，怯怯的褪去了苹果绿鸵鸟毛斗篷，低头端坐，拈了一只杏仁，每隔两分钟轻轻啃去了十分之一，缓缓咀嚼着。她是为了被看而来的。她觉得她浑身的装束，无懈可击，任凭人家多看两眼也不妨事，可是她的身体完全是多余的，缩也没处缩。她始终缄默着，吃完了一顿饭。

这与平日里的长安可谓判若两人。她的矜持与羞涩是半真半假，真的是她平日里被母亲管束着几乎没有机会和陌生男子共进晚餐，再加上她本来就比较内向，因此心里不免紧张。假的是在她看来女孩子在男子面前就应该端一点架子，正如她出发前等候对方催请一般。当然，这可能也与她对童世舫的好感不无关系。否则，在和他说话时她也不至于那么手足无措，"反复的看她的手指，仿佛一心一意要数数一共有几个指纹是螺形的，几个是畚箕"。

在二人的相处中，张爱玲用极尽抒情的笔致描写了他们约会的场景：

晒着秋天的太阳，两人并排在公园里走着，很少说话，眼角里带着一点对方的衣服与移动着的脚，女子的粉香，男子的淡巴菰气，这单纯而可爱的印象便是他们身边的栏杆，栏杆把他们与众人隔开了。空旷的绿草地上，许多人跑着，笑着，谈着，可是他们走的是寂寂的绮丽的回廊——走不完的寂寂的回廊……有时在公园里遇着了雨，长安撑起了伞，世舫为她擎着。隔着半透明的蓝绸伞，千万粒雨珠闪着光，像一天的星。一天的星到处跟着他们，在水珠银烂的车窗上，汽车驰过了红灯，绿灯，窗子外营营飞着一窠红的星，又是一窠绿的星。

如果说相亲时的矜持多少有些做作的因素的话，那么这里"幽娴贞静"的长安则全是爱情的魔力使然。爱情让她焕然一新，如果能就这样一直走下去，她的人生必是另一番风景。

可七巧是不会轻易让女儿得到她自己得不到的幸福的，于是她使出浑身解数，软硬兼施，逼着长安和童世舫分了手。分手后，长安和童世舫仍有来往，为了彻底断了童世舫的念想，七巧编出谎言透露给童世舫说长安抽大烟，戒戒抽抽，也有十年了。面对这样的母亲，长安无能为力，只有顺从，小说中写道："长安悄悄的走下楼来，玄色花绣鞋与白丝袜停留在日色昏黄的楼梯上。停了一会，又上去了。一级一级，走进没有光的所在。"她无言地送走了童世舫，"天井，树，曳着萧条的影子的两个人，没有话——不多的一点回忆，将来是要装在水晶瓶里双手捧着看的——她的最初也是最后的爱"。自此，长安彻底断了结婚的念头，也彻底地走回到母亲为她营造的那个黑暗的鬼魅世界中。

最后，小说的结尾，交代了长安的结局：

七巧过世以后，长安和长白分了家搬出来住。七巧的女儿是不难解决她自己的问题的。谣言说她和一个男子在街上一同走，停在摊子跟前，他为她买了一双吊袜带。也许她用的是她自己的钱，可是无论如何是由男子的袋里掏出来的。

张爱玲用看似含混的文字暗示我们，长安最终是用钱换取了一个男人的陪伴，这种陪伴无关爱情。这样的结局只是七巧的悲剧人生的一个翻版或变本。所以，张爱玲说："三十年前的月亮早已沉了下去，三十年前的人也死了，然而三十年前的故事还没完——完不了。"

月光之下，我们仿佛又听到了那悠悠忽忽的口琴声："Long, Long Ago"——"告诉我那故事，往日我最心爱的那故事。许久以前，许久以前……"

（三）芝寿

同长安一样，芝寿也是一个无辜的受害者。她的命运比长安更加悲惨，被婆婆七巧迫害致死。小说中对她的描写并不像长安那样细致，但我们还是能够梳理出一条基本脉络来。

她第一次出场是在婚礼上："新娘戴着蓝眼镜，粉红喜纱，穿着粉红彩绣裙袄。进了洞房，除去了眼镜，低着头坐在湖色帐幔里。"从这寥寥几笔的勾勒中，我们可以看出，芝寿虽然比较内向，但作为一个上海姑娘，她还是有几分新潮和时尚的。但就在她步入七巧家的第一天，婆婆就给了她个下马威——当着众多宾客的面挖苦她嘴唇厚，有人好心替七巧解围道："说是嘴唇厚天性厚哇！"七巧却说："天性厚，并不是什么好话。当着姑娘们，我也不便多说——但愿咱们白哥儿这条命别送在她手里！"暗示她会是个纵欲无度的女人。

三朝过后，七巧便每每向亲戚诉说芝寿的诸多不是。更让芝寿无法面对的是，七巧将从儿子长白口中打听来的关于儿子儿媳的床笫之事当众渲染，大肆宣扬。七巧连着几晚让长白陪着她抽大烟，这几晚，芝寿惊恐万状，手足无措：

芝寿直挺挺躺在床上，搁在肋骨上的两只手蜷曲着像死去的鸡的脚爪。她知道她婆婆又在那里盘问她丈夫，她知道她丈夫又在那里叙说一些什么事，可是天知道他还有什么新鲜的可说……芝寿猛然坐起身来，哗啦揭开了帐子，这是个疯狂的世界。丈夫不像个丈夫，婆婆也不像个婆婆。不是他们疯了，就是她疯了。今天晚上的月亮比哪一天都好，高高的一轮满月，万里无云，像是漆黑的天上一个白太阳。遍地的蓝影子，帐顶上也是蓝影子，她的一双脚也在那死寂的蓝影子里。

芝寿待要挂起帐子来，伸手去摸索帐钩，一只手臂吊在那铜钩上，脸偎住了肩膀，不由得就抽噎起来。帐子自动地放了下来。昏暗的帐子里除了她之外没有别人，然而她还是吃了一惊，仓皇地再度挂起了帐子。窗外还是那使人汗毛凛凛的反常的明月——漆黑的天上一个灼灼的小而白的太阳……月光里，她的脚没有一点血色——青，绿，紫，冷去的尸身的颜色。她想死，她想死。她怕这月亮光，又不敢开灯。明天她婆婆说："白哥儿给我多烧了两口烟，害得我们少奶奶一宿没睡觉，半夜三更点着灯等他回来——少不了他吗！"芝寿的眼泪顺着枕头不停的流，她不用手帕去擦眼睛，擦肿了，她婆婆又该说了："白哥儿一晚上没回房去睡，少奶奶就把眼睛哭得桃儿似的！"

面对这样的婆婆、这样的丈夫，芝寿的精神几近崩溃，那窗外明晃晃的月亮在芝寿的眼中就是七巧的化身，那灼灼的光便是无耻的、令人恐惧的窥伺的眼神，她感到自己被遍地的蓝影子罩着，无处躲藏，她想死。可落在七巧手里，死也没那么容易。在种种精神虐待下，芝寿一病不起，终被摧残致死。

小说中还写到了长白的妾——绢姑娘。这个女子和芝寿的命运同样悲惨。芝寿活着的时候，她被七巧利用来对付芝寿，同时也帮助七巧拴住长白。芝寿死后，她就成了芝寿的替身，成为七巧的"情敌"，被折磨的对象，扶正不到一年，她也吞了生鸦片自尽而死。

小说中七巧、长安、芝寿这三个女性的人生互相交织，互相映衬。我们从长安和芝寿的无辜受虐和人生悲剧反观七巧，会对其母性、人性的彻底沦丧和疯狂变态感到恐惧。但七巧的人生何尝不是悲剧，她又何尝不是一个受害者？因此，可以说《金锁记》是张爱玲为我们书写的一部女性史，它写出了一代又一代女性的挣扎和无望之后的绝望以及毁灭。因此，傅雷说："《金锁记》是张女士截至目前为止的最完满之作，颇有《狂人日记》中某些故事的风味。至少也该列为我们文坛最美的收获之一。"

二、若干意象

张爱玲小说中的意象新鲜活泼、色彩纷呈、蕴藉深刻。这篇小说亦是如此，作家精心为我们设置了一系列与几个主要人物形象对应的象征意象。

（一）从"玻璃匣子里的蝴蝶标本"到"漆黑的天上灼灼的小白太阳"

为了凸显小说女主人公七巧在不同人生阶段的性格特征，张爱玲为其设置了一系列象征性意象。

与中年时期的七巧相对应的就是"玻璃匣子里的蝴蝶标本"。这个意象出现在七巧向季泽示爱遭拒的情节。小说中写到七巧呜咽着要走出门去，却还是恋恋不舍，靠在门上，质问季泽自己到底哪一点不好："她睁着眼直勾勾朝前望着，耳朵上的实心小金坠子像两只铜钉把她钉在门上——玻璃匣子里蝴蝶的标本，鲜艳而凄怆。"这短短一句话，几十个字，将七巧对季泽的渴望和被拒绝后的绝望与不甘表现得入木三分。"蝴蝶"本是美的象征，可是对于七巧而言，从踏入姜家的那一天起，就像是进入了一个透明的"玻璃匣子"，表面晶莹剔透，但困在其中却寸步难行，况且，七巧已被死死地钉在这里，成了标本，无论其多么鲜艳，早已失去了生命的活力，所以，越美越凄怆。

与老年时期的七巧相对应的意象是"漆黑的天上灼灼的小而白的太阳"——反常的"月亮"。"月亮"在张爱玲的小说中几乎是出现频率最高的意象。在这篇小说中，"月亮"出现了七次之多。它见证了几个女性的悲剧人生。同时，"月亮"也成为七巧的象征。小说中借芝寿几次写到了月亮：

  起坐间的帘子撤下送去洗濯了。隔着玻璃窗望出去，影影绰绰乌云里有个月亮，一搭黑，一搭白，像个戏剧化的狰狞的脸谱。一点，一点，月亮缓缓的从云里出来了，黑云底下透出一线炯炯的光，是面具底下的眼睛。天是无底洞的深青色……

  ……今天晚上的月亮比哪一天都好，高高的一轮满月，万里无云，像是漆黑的天上一个白太阳。遍地的蓝影子，帐顶上也是蓝影子……

  ……窗外还是那使人汗毛凛凛的反常的明月——漆黑的天上一个灼灼的小而白的太阳……

  这里，月亮已不再是我们普通人心中那充满柔情蜜意的"白玉盘"，而是面目狰狞、炯炯有神、让人触目惊心的"白太阳"。在中国传统文化中，太阳象征男性，意味着阳刚、强壮、力量；月亮象征女性，意味着阴柔、婉约、缠绵。在张爱玲之前，几乎没有人将"月亮"比作"太阳"，因为它们不具备本体和喻体的相似关联性。但是在这里，张爱玲却做了如此大胆别致、独出心裁的比喻，它暗示了七巧的女性特质在长期的压抑扭曲中被消磨殆尽，在这个家庭中，她开始扮演起了男性和家长的角色，并运用这种权威疯狂地迫害与曾经的她处于相同地位的芝寿。

  除此之外，与七巧相关的象征性意象还有"剃刀片"。这个意象在小说中也出现了两次，一次是在芝寿和长白结婚时，小说中写到七巧讥讽芝寿的嘴唇"切切倒有一大碟子""但愿咱们白哥儿这条命别送在她手里"等诸语时：

  七巧天生着一副高爽的喉咙，现在因为苍老了些，不那么尖了，可是扁扁的依旧四面刮得人疼痛，像剃刀片。这两句话，说响不响，说轻也不轻。

接着，张爱玲写道："人丛里的新娘子的平板的脸与胸震了一震——多半是龙凤烛的火光的跳动。"可见，芝寿的震动与震惊。这为后来七巧对芝寿的精神虐待埋下伏笔。

另一次是为了破坏长安与童世舫的爱情，编谎说长安抽大烟时：

隔了些时，再提起长安的时候，她还是轻描淡写的把那几句话重复了一遍。她那平扁而尖利的喉咙四面割着人像剃刀片。

这之后，张爱玲写道："长安悄悄的走下楼来，玄色花绣鞋与白丝袜停留在日色昏黄的楼梯上。停了一会，又上去了。一级一级，走进没有光的所在。"作为一个母亲，七巧不动声色地用几句轻描淡写的话语轻易地就将长安的美梦击碎，将长安死死地困在由她一手营造的牢笼之中——那没有光的所在。

七巧腕上的"镯子"是另一个重要的象征性意象。一方面，它作为"金锁"意象的一个补充，强化了七巧被禁锢的一生；另一方面，它又仿佛是高悬于天际的那轮明月，见证了七巧的悲剧人生。小说最后，张爱玲为我们展示了触目惊心的一幕：

她摸索着腕上的翠玉镯子，徐徐将那镯子顺着骨瘦如柴的手臂往上推，一直推到腋下。她自己也不能相信她年轻的时候有过滚圆的胳膊。就连出了嫁之后几年，镯子里也只塞得进一条洋绉手帕。

对于这样一个女人、这样一个母亲，我们也许会觉得可恶、可怕、可恨，但当我们看到她独自躺在烟铺上回忆少女时的幸福时光、泪流满面的时候，又会由衷地为她感伤，觉得她可怜。她是个"吃人者",但也是一个"被吃者"。

(二)"Long，Long Ago的口琴声"与"美丽而苍凉的手势"

这两个意象,一个诉诸听觉,一个诉诸视觉,共同勾勒了长安的人生悲剧与爱情悲剧。两个意象都是出现在长安人生的关键点上,一次是在长安决定退学的时候,一次是长安和童世舫分手的时候。

长安自幼生活在母亲的强势管束之下,好不容易在上学后培养起一点自信心和自尊心,七巧却借长安丢了褥单之际要到学校大闹,长安为了保住自己仅有的一点尊严和在同学老师面前的好印象,决定退学:

她宁死也不到学校里去了。她的朋友们,她所喜欢的音乐教员,不久就会忘记了有这么一个女孩子,来了半年,又无缘无故悄悄的走了。走得干净,她觉得她这牺牲是一个美丽的、苍凉的手势。

这是一个怎样美丽、苍凉的手势啊!也许正如徐志摩《再别康桥》中的"悄悄的我走了,/正如我悄悄的来;/我挥一挥衣袖,/不带走一片云彩"那一挥手,没有机会回首,她所珍爱的这段美好时光便消失得无影无踪了。可这样的决定毕竟不是发自内心的,因此,她辗转反侧,夜不能寐:

半夜里她爬下床来,伸手到窗外去试试,漆黑的,是下了雨么?没有雨点。她从枕头边摸出一只口琴,半蹲半坐在地上,偷偷吹了起来。犹疑地,"Long，Long Ago"的细小的调子在庞大的夜里袅袅漾开。不能让人听见了。为了竭力按捺着,那呜呜的口琴忽断忽续，如同婴儿的哭泣。她接不上气来，歇了半晌，窗格子里，月亮从云里出来了。墨灰的天，几点疏星，模糊的缺月，像石印的图画，下面白云蒸腾，树顶上透出街灯淡淡的圆光。长安又吹起口琴来。"告诉我那故事，往日我最心爱的那故事，许久以前，许久以前……"

这暗夜里呜呜咽咽的口琴声就是长安此时内心复杂情感的外化，有依恋、有不舍、有委屈、有无奈，还有对于母亲的害怕和怨恨。但无论如何，她的学校生涯就这样画上了句号。而她的人生也越来越偏离了本该拥有的幸福，直到童世舫的出现。

但，这又是一段短暂的美好。面对母亲的百般阻挠，长安再次决定放弃：

她知道她母亲会放出什么手段来？迟早要出乱子，迟早要决裂。这是她的生命里顶完美的一段，与其让别人给它加上一个不堪的尾巴，不如她自己早早结束了它。一个美丽而苍凉的手势……她知道她会懊悔的，她知道她会懊悔的，然而她抬了抬眉毛，做出不介意的样子，说道："既然娘不愿意结这头亲，我去回掉他们就是了。"

也许我们会觉得长安太过懦弱，甚至责怪她为什么不能为自己的爱情和幸福勇敢一点，可这就是长安啊！在七巧的威压下成长起来的长安，只能做出这样的抉择。当长安向童世舫提出分手之后，口琴声再度在她耳畔响起：

长安悠悠忽忽听见了口琴的声音，迟钝地吹出了"Long, Long Ago"——"告诉我那故事，往日我最心爱的那故事。许久以前，许久以前……"这是现在，一转眼也就变了许久以前了，什么都完了。长安着了魔似的，去找那吹口琴的人——去找她自己。

迎着阳光走着，走到树底下，一个穿着黄短裤的男孩骑在树桠枝上颠颠着，吹着口琴，可是他吹的是另一个调子，她从来没听见过的。不大的一棵树，稀稀朗朗的梧桐叶在太阳里摇着像金的铃铛。长安仰面看着，眼前一阵黑，像骤雨似的，泪珠一串串的披了一脸。世舫找到了她，在她身边悄悄站了半晌，方道："我尊重你的意见。"长安举起了她的皮包来遮住了脸上的阳光。

这如泣如诉的口琴声再次提醒长安，一切美好都将过去，突然之间她着了魔似的去找那吹口琴的人，其实是找她自己，那个曾经走在幸福和美好之中的自己，然而她找到的却是一个吹着别的曲调的男孩，她丢掉了自己的幸福和美好，那骤雨似的披了一脸的泪珠，是她对自己和遗落的幸福最后的哀悼，往后，她再也不敢有结婚的念头。

（三）"死去的鸡的脚爪"和"宰了的鸡的脚爪"

小说中表现芝寿在七巧的精神虐待下的痛苦心理时，两次用了极其相似的语句：

芝寿直挺挺躺在床上，搁在肋骨上的两只手蜷曲着像死去的鸡的脚爪。

芝寿直挺挺躺在床上，搁在肋骨上的两只手蜷曲着像宰了的鸡的脚爪。

这样高度相似的行文，一方面进一步突出表现了芝寿内心的痛苦和绝望，另一方面，张爱玲在措辞上的细微差异，其暗示意味是有所不同的。"死去的鸡的脚爪"出现在长白连着两晚替七巧烧烟的情节，张爱玲之所以如此措辞，意在强调芝寿内心的恐惧和痛苦。而"宰了的鸡的脚爪"出现在芝寿病重弥留之际，这里，张爱玲想表达的是芝寿完全是被七巧"宰杀"而死。

当然，除了以上意象，小说中还有很多色彩纷呈、繁复奇崛的意象，为小说增色添彩，也给读者带来了丰赡华美、唇齿留香的阅读体验。

三、心理分析

张爱玲的小说被称作"心理分析小说"。的确，她受到西方现代主义小说和弗洛伊德精神分析学说的影响，在她的小说中，对于人物的心理刻画和分析占了相当大的比重。《金锁记》作为张爱玲最具代表性的作品，也以心理分析见长。但与西方心理分析小说的不同之处是，张爱玲在她的小说中融入了中国传统小说的表现手法，往往将人物的语言、动作、细节，甚至各种意象、环境描写与人物心理揉为一体，打成一片，难分彼此。这样的心理分析笔法，不似西方心理分析小说大量的心理独白那么单调冗长，更如行云流水般流畅自然，不着痕迹，更符合中国读者的阅读习惯和审美心理。

小说中对于长安退学和与童世舫分手时那两段关于口琴声的精彩描写，其实就是对于长安的心理分析，此外，写到芝寿躺在床上睡不着、看着窗外令人汗毛凛凛的月光的那处描写，也是对于芝寿的心理分析，前面有所涉及，在此不再赘述。

我们还是回到女主人公七巧身上，看看张爱玲如何对这个人物进行心理分析。我们选取七巧人生中几个重要的节点的相关情节来体会张爱玲的妙笔。

（一）七巧向季泽求爱

我们将其中的几段文字细加品鉴：

正说着，七巧掀着帘子出来了，一眼看见了季泽，身不由主的就走了过来，绕到兰仙椅子背后，两手兜在兰仙脖子上，把脸凑了下去，笑道："这么一个人才出众的新娘子！三弟你还没谢谢我哪！要不是我催着他们早早替你办了这件事，这一耽搁，等打完了仗，指不定要十年八年呢！可不把你急坏了！"兰仙生平最大的憾事便是出阁的日子正赶着非常时期，潦草成了家，诸事都欠齐全，因此一听见这不入耳的话，她那小长挂子脸便往下一沉。季泽望了兰仙一眼，微笑道："二嫂，自古好心没有好报，谁都不承你的情！"七巧道："不承情也罢！我也惯了。我进了你姜家的门，别的不说，单只守着你二哥这些年，衣不解带的服侍他，也就是个有功无过的人——谁见我的情来？谁有半点好处到我头上？"季泽笑道："你一开口就是满肚子的牢骚！"七巧长长的吁了一口气，只管拨弄兰仙衣襟上扣着的金三事儿和钥匙。半晌，忽道："总算你这一个来月没出去胡闹过。真亏了新娘子留住了你。旁人跪下地来求你也留你不住！"季泽笑道："是吗？嫂子并没有留过我，怎见得留不住？"一面笑，一面向兰仙使了个眼色。七巧笑得直不起腰道："三妹妹，你也不管管他！这么个猴儿崽子，我眼看他长大的，他倒占起我的便宜来了！"

七巧"一眼看见了季泽，身不由主的就走了过来"，"一眼看见"可见七巧对季泽是随时存心留着意，"身不由主"可见面对季泽时七巧的情不自禁。接下来她对季泽说的那些话其实是在献媚，赢得季泽的好感。未曾想引起了兰仙的不满，季泽为了化解尴尬便玩笑说："谁都不承你的情！"换来了七巧的一番牢骚，季泽虽强作笑脸但还是表达了他的不耐烦，对她说："你一开口就是满肚子的牢骚！"七巧听完季泽这一番话"长长的吁了一口气"，暗示七巧听出了季泽话里的不耐烦，心里非常不满，她拨弄兰仙的配饰时，其实她是在考虑如何报复季泽，"半晌"考虑好了，于是说了后面那一番话。这话分明是说给兰仙听的，一是完成了她对季泽秘密的报复，二是达到了挑拨季泽和兰仙夫妻关系的目的，真可谓一箭双雕，实在"高明"！我们不得不佩服七巧的心计。在这段文字中张爱玲运用动作、语言暗示人物心理，含蓄而富有表现力。

接下来，七巧示爱的情节，更加出彩：

她嘴里说笑着，心里发烦，一双手也不肯闲着，把兰仙揣着捏着，捶着打着。恨不得把她挤得走了样才好。兰仙纵然有涵养，也忍不住要恼了，一性急，磕核桃使差了劲，把那二寸多长的指甲齐根折断。七巧哟了一声道："快拿剪刀来修一修。我记得这屋里有一把小剪子的。"便唤，"小双！榴喜！来人哪！"兰仙立起身来道："二嫂不用费事，我上我屋里铰去。"便抽身出去。七巧就在兰仙的椅子上坐下了，一手托着腮，抬高了眉毛，斜睨着季泽道："她跟我生了气么？"季泽笑道："她干吗生你的气？"七巧道："我正要问呀——我难道说错了话不成？留你在家倒不好？她倒愿意你上外头逛去？"季泽笑道："这一家子从大哥大嫂起，齐了心管教我，无非是怕我花了公账上的钱罢了。"七巧道："阿弥陀佛，我保不定别人不安着这个心，我可不那么想。你就是闹了亏空，押了房子卖了田，我若皱一皱眉头，我也不是你二嫂了。谁叫咱们是骨肉至亲呢？我不过是要你当心你的身子。"季泽嗤的一笑道："我当心我的身子，要你操心？"七巧颤声道："一个人，身子第一要紧。你瞧你二哥弄的那样儿，还成个人吗？还能拿他当个人看？"季泽正色道："二哥比不得我，他一下地就是那样儿，并不是自己作践的。他是个可怜的人，一切全仗二嫂照护他了。"七巧直挺挺的站了起来，两手扶着桌子，垂着眼皮，脸庞的下半部抖得像嘴里含着滚烫的蜡烛油似的，用尖细的声音逼出两句话道："你去挨着你二哥坐坐！你去挨着你二哥坐坐！"她试着在季泽身边坐下，只搭着他的椅子的一角，她将手贴在他腿上，道："你碰过他的肉没有？是软的、重的，就像人的脚有时发了麻，摸上去那感觉……"季泽脸上也变了色，然而他仍旧轻佻地笑了一声，俯下腰，伸手去捏她的脚道："倒要瞧瞧你的脚现在麻不麻！"七巧道："天哪，你没挨着他的肉，你不知道没病的身子是多好的……多好的……"她顺着椅子溜下去，蹲在地上，脸枕着袖子，听不见她哭，只看见发髻上插的风凉针，针头上的一粒钻石的光，闪闪挚动着。发髻的心子里扎着一小截粉红丝线，反映在金刚钻微红的光焰里。她的背影一挫一挫，俯伏了下去。她不像在哭，简直像在翻肠搅胃地呕吐。

　　季泽先是愣住了，随后就立起来道："我走。我走就是了。你不怕人，我还怕人呢。也得给二哥留点面子！"七巧扶着椅子站了起来，呜咽道："我走。"她扯着衫袖里的手帕子揾了揾脸，忽然微微一笑道："你这样卫护你二哥！"季泽冷笑道："我不卫护他，谁卫护他？"七巧向门口走去，哼了一声，道："你又是什么好人？趁早不用在我跟前假撇清！且不提你在外头怎样荒唐，只单在这屋里……老娘眼睛里揉不下沙子去！别说我是你嫂子,就是我是你奶妈,只怕你也不在乎。"季泽笑道:"我原是个随随便便的人,哪禁得你挑眼儿?"七巧待要出去,又把背心贴在门上,低声道:"我就不懂,我有什么地方不如人?我有什么地方不好……"季泽笑道:"好嫂子,你有什么不好?"七巧笑了一声道:"难不成我跟了个残废的人,就过上了残废的气,沾都沾不得?"她睁着眼直勾勾朝前望着,耳朵上的实心小金坠子像两只铜钉把她钉在门上——玻璃匣子里蝴蝶的标本,鲜艳而凄怆。

这里借"揣着捏着,捶着打着。恨不得把她挤得走了样才好"的动作描写表现了七巧对兰仙的嫉妒和愤恨,并存心想通过这种方式赶走兰仙,给自己和季泽单独相处创造机会的秘密心理。兰仙被挤兑走后,七巧"坐下了""托着腮"是动作描写,表现了她迫不及待的心情,兰仙一离开她就做出一副媚态想要吸引季泽,"抬高了眉毛,斜睨着季泽"则通过对七巧暧昧的神态刻画,反应她此时急切地想要和季泽调情的心理,接下来的语言描写则是通过她明知故问的一句话表达了她对兰仙的不满。后面当季泽说到"这一家子从大哥大嫂起,齐了心管教我,无非是怕我花了公账上的钱罢了",七巧急忙替自己辩白,很显然,这一番话仍然是为了讨好季泽,她向季泽强调"骨肉至亲""当心你的身子"其实也是话里有话,暗含情色意味。到这里季泽实在无法再好脾气地装下去了,他用"嗤的一笑"揭穿了七巧的虚伪,又用"我当心我的身子,要你操心"的话拒绝了七巧的暧昧。但是七巧并没有理会季泽的话,仍然沿着自己的思路向季泽倾诉,季泽应当是感觉到了危险,所以表情渐渐严肃起来"正色"说了后面那番话,意在暗示、提醒七巧不要忘记了自己的本分,可是七巧已然无法控制自己的情感,她回想这些年所遭受的痛苦,无以自持,这里张爱玲用"直挺挺的站了起来,两手扶着桌子"的动作,"垂着眼皮,脸庞的下半部抖得像嘴里含着滚烫的蜡烛油似的"的表情神态,以及用尖细的声音"逼出"的话语凸显了七巧五味杂陈、心潮澎湃的内心。她甚至顺势开始了试探,"试着在季泽身边坐下,只搭着他的椅子的一角,她将手贴在他腿上"。季泽显然没有想到七巧居然会如此大胆,因而"变了色",然而他毕竟是情场老手,他和她以后还要共事,所以他不打算撕破脸皮,于是"仍旧轻佻地笑了一声,俯下腰,伸手去捏她的脚道:'倒要瞧瞧你的脚现在麻不麻!'"他是希望以玩笑的形式化解尴尬,也提醒七巧从澎湃的激情中冷静下来,回到现实。可七巧太激动了,仍然沉浸在自己的情感中不能自拔,"她顺着椅子溜下去,蹲在地上,脸枕着袖子"一系列的动作,正是这种心情的外化,接下来,张爱玲仍然没有正面铺排她此时的心理,而是写到她"发髻上插的风凉针,针头上的一粒钻石的光,闪闪掣动着"。只这一个细节就将此时七巧强烈的情感波澜表现得淋漓尽致。但张爱玲并未就此打住,接下来她又回到动作描写,"她的背影一挫一挫,俯伏了下去。她不像在哭,简直像在翻肠搅胃地呕吐",进一步强化了表现效果。

张爱玲接着写了季泽的反应,"愣住了",显然他是被吓了一跳。回过神来之后,季泽还是一副拒之于千里的态度,"要给二哥留点面子",可事实上,从后文中我们可以看得很清楚,这只是季泽在权衡利弊之后拒绝七巧的一个借口。真正的原因是:"七巧的嘴这样敞,脾气这样躁,如何瞒得了人?何况她的人缘这样坏,上上下下谁肯代她包涵一点?她也许是豁出去了,闹穿了也满不在乎。他可是年纪轻轻的，凭什么要冒这个险？"所以，七巧听了这番话也并不相信，起初，她"扶着椅子站起来"，"呜咽道：'我走。'"后面，紧接着，张爱玲写道："她扯着衫袖里的手帕子揾了揾脸，忽然微微一笑。"到这里，我们会发现，其实上面她掩面而泣，有真实的成分，也有装的成分，当然是装给季泽看，希望以此博取季泽的同情，达到自己的目的，可谓处心积虑，使尽浑身解数。当这些计谋均告失败后，她立刻换了另一幅面目和言语，她先是反问季泽："你这样卫护你二哥？"当听到季泽假模假式地回答"我不卫护他，谁卫护他"的时候，她彻底被激怒了，才有了后面她向季泽说的那一席话，毫不留情地戳穿了季泽。季泽看到七巧终于回复到平日里的样子，"微笑着"，放了心。七巧本要出去，但毕竟心有不甘，又靠在门上低声质问季泽，自己有什么不好，希望能够扭转局面，可季泽铁了心地跟她打马虎眼。这一场求爱，就此以失败告终。在这一情节中，两个人物展开了一场真真假假、虚虚实实的心理战，可是张爱玲并没有一句直接描写人物心理的文字，她综合运用各种手法暗示、烘托人物的内心情感，把七巧、季泽二人的明争暗斗表现得那么细致入微又含而不露。实在是精彩至极。

之后，张爱玲还交代了季泽走后，玳珍进来，看到"七巧倚着桌子，面向阳台立着，只是不言语"，可以想象，七巧此时内心有多么复杂，她是在努力让自己平静下来。玳珍看到核桃被季泽吃了不少，就嘟哝了一句："害人家剥了一早上，便宜他享现成的！"小说中接着又是一个细节描写："七巧捏着一片锋利的胡桃壳，在红毡条上狠命刮着，左一刮，右一刮，看看那毡子起了毛，就要破了。她咬着牙道：'钱上头何尝不是一样？一味的叫咱们省,省下来让人家拿出去大把的花!我就不服这口气!'"可见,被季泽拒绝后,七巧恼羞成怒却又无法直言,只好用这种方式来发泄,她"咬着牙"说的那番话当然也是针对季泽的。

(二)季泽向七巧示爱

十年之后,姜家分家后的某一天,季泽突然登门造访七巧,这让七巧很是警觉:

虽然他不向她哭穷,但凡谈到银钱交易,她总觉得有点危险,便岔了开去道:"三妹妹好么?腰子病近来发过没有?"季泽笑道:"我也有许久没见过她的面了。"七巧道:"这是什么话?你们吵了嘴么?"季泽笑道:"这些时我们倒也没吵过嘴。不得已在一起说两句话,也是难得的,也没那闲情逸致吵嘴。"七巧道:"何至于这样?我就不相信!"季泽两肘撑在藤椅的扶手上,交叉着十指,手搭凉棚,影子落在眼睛上,深深的唉了一声。七巧笑道:"没有别的,要不就是你在外头玩得太厉害了。自己做错了事,还唉声叹气的仿佛谁害了你似的。你们姜家就没有一个好人!"说着,举起白团扇,作势要打。季泽把那交叉看的十指往下移了一移,两只大拇指按在嘴唇上,两只食指缓缓抚摸着鼻梁,露出一双水汪汪的眼睛来。那眼珠却是水仙花缸底的黑石子,上面汪着水,下面冷冷的没有表情。看不出他在想什么。七巧道:"我非打你不可!"季泽的眼睛里突然冒出一点笑泡儿,道:"你打,你打!"七巧待要打,又掣回手去,重新一鼓作气道:"我真打!"抬高了手,一扇子劈下来,又在半空中停住了,吃吃笑将起来。季泽带笑将肩膀耸了一耸,凑了上去道:"你倒是打我一下罢!害得我浑身骨头痒痒着,不得劲儿!"七巧把扇子向背后一藏,越发笑得格格的。

季泽把椅子换了个方向,面朝墙坐着,人向椅背上一靠,双手蒙住了眼睛,又是长长的叹了口气。七巧啃着扇子柄,斜睇着他道:"你今儿是怎么了?受了暑吗?"季泽道:"你哪里知道?"半晌,他低低的一个字一个字说道:"你知道我为什么跟家里的那个不好,为什么我拼命的在外头玩,把产业都败光了?你知道这都是为了谁?"七巧不知不觉有些胆寒,走得远远的,倚在炉台上,脸色慢慢的变了。季泽跟了过来。七巧垂着头,肘弯撑在炉台上,手里攀着团扇,扇子上的杏黄穗子顺着她的额角拖下来。季泽在她对面站住了,小声道:"二嫂!……七巧!"

七巧背过脸去淡淡笑道:"我要相信你才怪呢!"季泽便也走开了,道:"不错。你怎么能够相信我?自从你到我家来,我在家一刻也待不住,只想出去。你没来的时候我并没有那么荒唐过,后来那都是为了躲你。娶了兰仙来,我更玩得凶了,为了躲你之外又要躲她,见了你,说不了两句话我就要发脾气——你哪儿知道我心里的苦楚?你对我好,我心里更难受——我得管着我自己——我不能平白的坑坏了你!家里人多眼杂,让人知道了,我是个男子汉,还不打紧,你可了不得!"七巧的手直打颤,扇柄上的杏黄须子在她额上苏苏磨擦着。季泽道:"你信也罢,不信也罢!信了又怎样?横竖我们半辈子已经过去了,说也是白说。我只求你原谅我这一片心。我为你吃了这些苦,也就不算冤枉了。"

这段文字还是主要采用语言描写来表现人物的心理。我们可以看出七巧最初对季泽是充满戒备的,害怕他会向自己借钱。但季泽远兜远绕地向七巧暗示他与兰仙的感情不和，七巧听了半信半疑，于是进一步用言语试探，季泽则主动开始和七巧调情，之后，又欲言又止、吞吞吐吐地表达了他对七巧的情意。十年前是七巧，十年后是季泽，为了达到自己的目的费尽心机，季泽的那一番话想必是深思熟虑的，七巧最终被这番入情入理的话深深地打动了：

七巧低着头，沐浴在光辉里，细细的音乐，细细的喜悦……这些年了，她跟他捉迷藏似的，只是近不得身，原来还有今天！可不是，这半辈子已经完了——花一般的年纪已经过去了。人生就是这样的错综复杂，不讲理。当初她为什么嫁到姜家来？为了钱么？不是的，为了要遇见季泽，为了命中注定她要和季泽相爱。她微微抬起脸来，季泽立在她跟前，两手合在她扇子上，面颊贴在她扇子上。他也老了十年了，然而人究竟还是那个人呵！他难道是哄她么？他想她的钱——

她卖掉她的一生换来的几个钱？仅仅这一转念便使她暴怒起来。就算她错怪了他，他为她吃的苦抵得过她为他吃的苦么？好容易她死了心了，他又来撩拨她。她恨他。他还在看着她。他的眼睛——虽然隔了十年，人还是那个人呵！就算他是骗她的，迟一点儿发现不好么？即使明知是骗人的，他太会演戏了，也跟真的差不多罢？

这里是直接的心理独白。在张爱玲的小说里，这样大段的心理描写其实并不多见，由于这一情节在七巧的人生中具有非常重要的意义，张爱玲才浓墨重彩地将她此时悲喜交加的心情加以直接抒写。也让我们清晰地看到钱在这个女人心中有多么重要——在情感的潮水泛滥之时七巧居然还能回到"理性"，怀疑季泽是图谋她的钱。可是，毕竟，这是她盼了多少年的一刻，放弃对她而言是非常痛苦的抉择，她的百转千回、举棋不定，在这段文字中都展露无遗。最终，经过痛苦的挣扎、她决定试探季泽到底是真心还是假意，可试探之后她断定，他是骗她的，于是：

  七巧虽是笑吟吟的，嘴里发干，上嘴唇黏在牙仁上，放不下来。她端起盖碗来吸了一口茶，舐了舐嘴唇，突然把脸一沉，跳起身来，将手里的扇子向季泽头上滴溜溜掷过去，季泽向左偏了一偏，那团扇敲在他肩膀上，打翻了玻璃杯，酸梅汤淋淋漓漓溅了他一身，七巧骂道："你要我卖了田去买你的房子？你要我卖田？钱一经你的手，还有得说么？你哄我——你拿那样的话来哄我——你拿我当傻子——"她隔着一张桌子探身过去打他，然而她被潘妈下死劲抱住了。

  潘妈叫唤起来，祥云等人都奔了来，七手八脚按住了她，七嘴八舌求告着。七巧一头挣扎，一头叱喝着，然而她的一颗心直往下坠——她很明白她这举动太蠢——太蠢——她在这儿丢人出丑。……季泽走了。丫头老妈子也都给七巧骂跑了。酸梅汤沿着桌子一滴一滴朝下滴，像迟迟的夜漏——一滴，一滴……一更，二更……一年，一百年。真长，这寂寂的一刹那。

  这两段文字先是用一连串的动作描写来表现七巧在发现季泽的阴谋后怒不可遏的情绪，接下来是语言描写，七巧本是一个能言会辩的人，可是这断断续续、语无伦次的言辞中透露出她愤怒到极点的情绪。后面又是直接的心理描写，暴怒中残存的理智让她明白她这举动的愚蠢和最终的结果将是和季泽彻底一刀两断。如果说前面这一番打闹是"动"的话，后面酸梅汤静静地沿着桌子往下滴则突出了七巧在赶走季泽后内心无比空虚和寂寞的

"静"，酸梅汤在滴，她的心也在滴血。

就在我们以为这一情节该画上句号的时候，小说中又出现了极富戏剧性的一幕：

> 七巧扶着头站着，倏地掉转身来上楼去，提着裙子，性急慌忙，跌跌绊绊，不住的撞到那阴暗的绿粉墙上，佛青袄子上沾了大块的淡色的灰。她要在楼上的窗户里再看他一眼。无论如何，她从前爱过他。她的爱给了她无穷的痛苦。单只这一点，就使他值得留恋。多少回了，为了要按捺她自己，她渐得全身的筋骨与牙根都酸楚了。今天完全是她的错。他不是个好人，她又不是不知道。她要他，就得装糊涂，就得容忍他的坏。她为什么要戳穿他？人生在世，还不就是那么一回事？归根究底，什么是真的，什么是假的？

> 她到了窗前，揭开了那边上缀有小绒球的墨绿洋式窗帘，季泽正在弄堂里往外走，长衫搭在臂上，晴天的风像一群白鸽子钻进他的纺绸裤褂里去，哪儿都钻到了，飘飘拍着翅子。

> 七巧眼前仿佛挂了冰冷的珍珠帘，一阵热风来了，把那帘子紧紧贴在她脸上，风去了，又把帘子吸了回去，气还没透过来，风又来了，没头没脸包住她——一阵凉，一阵热，她只是淌着眼泪。玻璃窗的上角隐隐约约反映出弄堂里一个巡警的缩小的影子，晃着膀子踱过去，一辆黄包车静静在巡警身上辗过。小孩把袍子掖在裤腰里，一路踢着球，奔出玻璃的边缘。绿色的邮差骑着自行车，复印在巡警身上，一溜烟掠过。都是些鬼，多年前的鬼，多年后的没投胎的鬼……什么是真的，什么是假的？

这三段文字，第一段是动作描写与心理描写相结合，较直接地表现了七巧的悔恨和不舍；第二段从七巧最后深情凝望季泽远去的身影的一幕，我们仍然能感受到七巧对季泽的留恋和不舍；第三段先是用了一个比喻形象地勾勒了七巧泪如雨下的情状，后面又用了一系列如梦幻般迷离的意象，突出了七巧已经伤心、绝望到精神恍惚、神志不明的地步，让人唏嘘感慨。

通过对以上两个情节的详细品读，我们会发现，张爱玲式的心理分析往往是表现人物心理但不直接写人物心理，或者不单单写人物心理，而是将各种表现手法相勾连，相互映衬、烘托，构建起人物丰富、复杂、立体的内心世界，达到了处处皆心理分析却又处处不见心理分析的炉火纯青的程度。

一个优秀的文本一定会为读者留下广阔的阐释空间，而《金锁记》就是这样一部出色的小说，对于它的阐释当然也不会仅仅限于以上几个维度，它是"说不尽的"！它无愧于夏志清的"中国有史以来最伟大的中篇小说"的高度评价。

恋母弑父情结的演绎
——细品《茉莉香片》

《茉莉香片》讲述了一个男孩的学校和家庭生活，为我们展现了他在无爱世界里苦苦挣扎的人生悲剧。这篇小说是一篇典型的心理分析小说，它诠释和演绎了弗洛伊德精神分析学说中的恋母弑父情结。

一、聂传庆与聂介臣

在小说中的主人公聂传庆身上，能够看到张爱玲和弟弟张子静的影子。这个年轻人出生在一个旧家庭，这个家也如同张爱玲曾经的家般"有太阳的地方使人瞌睡，阴暗的地方有古墓的清凉"，是一个怪异、荒凉的世界。黑沉沉的屋子里常常弥漫着鸦片烟的味道，那是他的父亲聂介臣和后母在吞云吐雾。他4岁丧母（这一点也与张爱玲相似，张爱玲的母亲在她4岁的时候离家出国留学），跟随父亲长大。他本已20岁了，身材却纤瘦得如同一个十六七岁未发育完全的男孩，眉目面容有几分女性的纤柔之美，而神情却又不合情理地显出了老态。在他身上集合了许多互相矛盾冲突的因素，这使他看起来有些怪异。

  一个人成年后的样子与他的家庭及成长环境密切相关。聂传庆之所以成为聂传庆，与父亲聂介臣和继母长期以来对他精神和肉体上的虐待有着直接的关联。照理说，聂传庆早年丧母，只有父亲相依为命，二人的感情应该非常深厚才是，可他们却恰恰相反，互相暗暗地仇恨、敌视着对方。这一切都源于聂介臣与亡妻冯碧落的不幸婚姻。他们的婚姻并非基于爱情，而是那个时代非常普遍的包办婚姻。说来二人其实都是受害者和牺牲品。冯碧落一直未忘情于青年时的一个暗恋者，并因此悒郁而亡。因为在婚姻中没有得到妻子的真情和爱，聂介臣耿耿于怀，内心充满了对她的怨恨。而且这份怨恨并没有因为妻子的辞世而消解，他将对她的怨恨转嫁到他们的孩子身上。于是上一代的恩怨就这样奇怪地延续到了传庆身上。

  如果说聂介臣与冯碧落是无辜的受害者，那么聂传庆更是。对他而言，母亲过早的离世让他的小小心灵受到重创，面对这种残酷的现实，幼小的他应该本能地向父亲寻求爱与保护，可父亲对他却从来没有表现出一丝一毫的温暖甚至善意。相反，他对他总是冷若冰霜，非打即骂，十几年来，对他进行各种精神和肉体的虐待。这使得他无论是精神还是肉体的发育都显得不够健全，甚至有些畸形。反过来，他对父亲的情感和态度也变得异常。

  如果用三个字概括聂家父子之间的情感就是怕、厌、恨。所不同的是，聂介臣对聂传庆是恨、厌、怕；聂传庆对聂介臣是怕、厌、恨。具体而言，聂介臣是由于恨冯碧落而恨聂传庆，由恨生厌，无论儿子做什么，做到什么程度，他都是一番冷嘲热讽，唇枪舌剑，将他的自信心和自尊心击得粉碎，让他在他面前抬不起头来。照理说，作为父亲的聂介臣长期以来一直处在优势的位置，不应当怕自己的儿子。直到有一天他无意中发现儿子正在"将他的名字歪歪斜斜，急如风雨地写在一张作废的支票上，左一个，右一个，'聂传庆，聂传庆，聂传庆'，英俊地，雄纠纠地，'聂传庆，聂传庆'。可是他爸爸重重的打了他一个嘴巴子，劈手将支票夺了过来搓成团，向他脸上抛去。为什么？因为那触动了他爸爸暗藏着的恐惧。……现在他爸爸见了他，只感到愤怒与无可奈何，私下里又有点怕"。这一幕，让聂介臣突然意识到儿子在一天天长大，而自己在一天天老去，这是谁也无法改变的，总有一天儿子将会把自己对他的那些怨恨和厌恶都还回来。而这一举动也让我们窥见聂传庆对父亲由害怕、厌恶已经慢慢发展到恨——他在暗下决心，有朝一日要实施报复。

有这样的父子关系，也就不难理解聂传庆的怪异和病态了。

二、聂传庆与言丹朱

在聂传庆的生活中占有非常重要地位的还有一个人，那便是言丹朱。她是学校里唯一肯主动接近聂传庆的同龄人。他们在各方面都截然不同。小说中对二人的外貌有着极其工细的描摹，我们可以做一对比：

……说他是二十岁，眉梢嘴角却又有点老态。同时他那窄窄的肩膀和细长的脖子又似乎是十六七岁发育未完全的样子。他穿了一件蓝绸子夹袍，捧着一叠书，侧着身子坐着，头抵在玻璃窗上，蒙古型的鹅蛋脸，淡眉毛，吊梢眼，衬着后面粉霞缎一般的花光，很有几分女性美。惟有他的鼻子却是过分的高了一点，与那纤柔的脸庞犯了冲。他嘴里衔着一张桃红色的车票，人仿佛是眯着了。

车子突然停住了。他睁开眼一看，上来了一个同学，言教授的女儿言丹朱。他皱了一皱眉毛。……言丹朱大约是刚洗了头发，还没干，正中挑了一条路子，电烫的发梢不很鬈了，直直的披了下来，像美国漫画里的红印度小孩。滚圆的脸，晒成了赤金色。眉眼浓秀，个子不高，可是很丰满。她一上车就向他笑着点了个头，向这边走了过来，在他身旁坐下。

仅从这两段文字我们能够明显地感受到二人的巨大差异。作为一个青年男子，聂传庆一方面没有男性应有的阳刚，而显得过分阴柔；另一方面又缺乏这个年纪应该有的青春活力，而显得死气沉沉。言丹朱却是健康、美丽、开朗、热情，浑身上下散发着女性的魅力与青春的活力。面对彼此，他们的反应也截然不同，聂传庆是"皱了一皱眉毛"，而言丹朱却是"笑着点了个头"，虽然只是这样一个细微的表情和动作，却透露出二人不同的性格与内心世界，聂传庆的愁眉苦脸后是一个自卑、自闭、懦弱、畏缩、消极悲观的病态灵魂，言丹朱的如花笑靥下却是一颗自信、开朗、勇敢、热情、积极、乐观的健康心灵。

言丹朱出身于一个新式家庭，父亲言子夜是华南大学的教授，对女儿除了父亲式的疼爱与娇惯，还有朋友式的平等相待，这使得丹朱在一种温暖、和谐、其乐融融的家庭氛围中长大，也让她拥有了健全的人格和开朗乐观的个性。不仅如此，她虽然"才在华南大学读了半年书，已经在校花队里有了相当的地位"，因此，她的主动接近让聂传庆在感到些许温暖的同时，更多的是疑惑与不解。

"她并不短少朋友……凭什么她愿意和他接近？"这似乎确实不合乎逻辑。当然并不像传庆揣测的："她在那里恋爱着他吗？"小说中，她对传庆有过解释，那是在她请求传庆不要将她前几天对他讲的另一个男生给她写信的事说出去时：

丹朱道："我不知为什么，这些话我对谁也不说，除了你。"传庆道："我也不懂为什么。"丹朱道："我想是因为……因为我把你当作一个女孩子看待。"传庆酸酸的笑了一声道："是吗？你的女朋友也多得很，怎么单拣中了我呢？"丹朱道："因为只有你能够守秘密。"传庆倒抽了一口冷气道："是的，因为我没有朋友，没有人可告诉。"丹朱忙道："你又误会了我的意思！"

这段对话中，言丹朱所说的将传庆当女孩子看待，当然不像聂传庆理解的是对他缺乏男子气概的讥讽，也并非像聂传庆所言因为他没有朋友，没人可告诉。但通过这段对话我们能够确证的是，言丹朱并不爱聂传庆，她对他至多只是朋友式的喜欢。她开朗、热情的个性使她"对于任何事物都感到广泛的兴趣，对于任何人也感到广泛的兴趣"。还有，善良的天性让她对聂传庆的孤单产生了同情，这些都是她主动接近聂传庆、试图和他成为朋友的原因。

但似乎又不止如此，小说中，聂传庆向言丹朱求爱表白时，作者用了一段文字对言丹朱进行心理分析：

丹朱站着发了一会愣。她没有想到传庆竟会爱上了她。当然，那也在情理之中。他的四周一个亲近的人也没有，惟有她屡屡向他表示好感。她引诱了他（虽然那并不是她的本心），而又不能给予他满足。近来他显然是有一件事使他痛苦着。就是为了她么？那么，归根究底，一切的烦恼还是由她而起？她竭力的想帮助他，反而害了他！她不能让他这样疯疯颠颠走开了，若是闯下点什么祸，她一辈子也不能够饶恕她自己。他的自私，他的无礼，他的不近人情处，她都原宥了他，因为他爱她。连这样一个怪僻的人也爱着她——那满足了她的虚荣心。丹朱是一个善女人，但是她终究是一个女人。

　　从这里我们能够将丹朱的内心世界看得更加清晰，这也许是言丹朱自己都没有意识到的潜意识——一个漂亮女孩的虚荣心。如前所述，言丹朱是一个自信、乐观、开朗又美丽的女孩，再加上她是言教授的女儿，在她周围聚集了一大群竭力追求她的同龄异性。唯有聂传庆对她不理不睬，甚至在她主动向他表示好感时，他仍是对她非常冷淡。这在无形中激起了这个被男孩们宠坏了的漂亮女孩的征服欲。在潜意识里，她希望自己能够征服聂传庆，使他如其他男生那样拜倒在她的石榴裙下。这是她主动接近他更深也更加隐秘的心理动因。甚至也是她一方面广交异性朋友，另一方面当"别人有了比友谊更进一步的要求的时候，她又躲开了，理由是他们都在求学时代，没有资格谈恋爱"的深层原因。但总体而言，言丹朱对聂传庆除去女孩子那点小虚荣之外，并没有太过复杂的情感，亦无恶意，她更多的还是真诚地希望能够帮助他从自闭的小圈子里走出来。

　　言丹朱这个形象几乎可以算得上张爱玲笔下最完美、最合乎理想的女性形象了。但是作者仍然没有将她过分地拔高，而是用颇为隐晦的笔致对其深潜心底的虚荣进行了批判。也许在张爱玲看来，这正是一般女性最普遍的弱点和缺点。所以，在她的许多小说中，对女性身上的这一特点进行了理性的批判。

相较而言，聂传庆对言丹朱的情感要复杂得多。大体上经历了羡慕—嫉妒—恨这样三个阶段。

聂传庆对言丹朱的羡慕止于他得知她的父亲的名字是言子夜。小说开篇二人在公交车上相遇后，先说到选课：

丹朱笑道："我爸爸教的文学史，你还念吗？"传庆点点头。丹朱笑道："你知道么？我也选了这一课。"传庆诧异道："你打算做你爸爸的学生？"丹朱噗嗤一笑道："可不是！起先他不肯呢！他弄不惯有个女儿在那里随班听讲，他怕他会觉得窘。还有一层，他在家里跟我们玩笑惯了的，上了堂，也许我倚仗着是自己家里人，照常的问长问短，跟他唠叨。他又板不起脸来！结果我向他赌神罚咒说：上他的课，我无论有什么疑难的地方，绝对不开口。他这才答应了。"传庆微微叹了一口气道："言教授……人是好的！"

言丹朱这一大段关于父亲和自己在家中的融洽关系的话语显然是戳中了聂传庆的要害，这与他自己和父亲的关系截然不同，所以，他叹了口气。他的内心充满了对言丹朱的羡慕之情，但是他又不愿也无法向言丹朱表达这种情感，所以只好驴唇不对马嘴地说："言教授……人是好的！"

二人后来又无意中聊到言丹朱的父亲，说到他的名字——言子夜。这是聂传庆第一次知道言教授的名字，他犹犹豫豫地将这个名字念了两遍，到第二遍，显然这个名字已经唤醒了他儿时的记忆——他很小的时候在家里的一本破旧的《早潮》杂志封面的空白处看到过这个名字。他孩童时也不止一次听家人提起过这个和他母亲有关的名字。言丹朱当然不了解其中的内情，看他犹疑便问他："这名字取得不好么？"聂传庆答道："好！怎么不好！知道你有个好爸爸！什么都好，就是把你惯坏了！"这句对答中仍然是对言丹朱能有个好爸爸的羡慕之情。

但很快，这种羡慕就转化为嫉妒。因为他得知了言丹朱的父亲言教授的名字是言子夜，而言子夜在二十多年前和传庆的母亲冯碧落相爱过。在反反复复地思忖与想象后，他为自己编织了一个美丽的梦幻：

二十多年前，他还没有出世的时候，他有脱逃的希望。他母亲有嫁给言子夜的可能性。差一点，他就是言子夜的孩子，言丹朱的哥哥。也许他就是言丹朱。有了他，就没有她……传庆相信，如果他是子夜与碧落的孩子，他比起现在的丹朱，一定较为深沉，有思想。同时，一个有爱情的家庭里面的孩子，不论生活如何的不安定，仍旧是富于自信心与同情——积极，进取，勇敢。丹朱的优点他想必都有，丹朱没有的他也有……如果他有了她这么良好的家庭背景，他一定能够利用这机会，做一个完美的人。

这样想来，竟是她夺走了这一切原本属于他的幸福。有了这样的思想，聂传庆当然再也无法只是羡慕言丹朱。他对她的羡慕渐渐地转化为嫉妒，甚至憎恨。到后来，"他对于丹朱的憎恨，正像他对言子夜的畸形的倾慕，与日俱增"。直至最后在向言丹朱求爱未果后，他恼羞成怒，将自己的仇恨全部倾泻而出，对她拳脚相加。

总之，在聂传庆看来，言丹朱与他的关系正是理想与现实的关系。丹朱所拥有的一切都是他梦寐以求却又无法企及的。言丹朱的世界里温暖、明亮、春意融融；他的世界却是阴冷、黑暗、寒气逼人。她完美得如一轮灼灼耀眼的红日，晃得他抬不起头睁不开眼，也令他的各种不理想、不美满昭然若揭，无处躲藏。而她却浑然不知，仍然一味地试图接近他、帮助他，殊不知在他眼里这根本就是对他的折磨，他被逼得无路可逃，所以才会"愤而反抗"。

三、聂传庆与言子夜

小说对言子夜并没有用太多笔墨描写，只是用只言片语勾勒了一个轮廓，他已经过了45岁，但看上去要年轻得多，他身材秀拔，略微有点瘦削、苍白，一袭宽大的中式灰色长袍，让他具有一种特殊的萧条的美感。

对于聂传庆来说，起初言教授不过是同学言丹朱的父亲，自己的中国文学课的老师；但是当他知道了言教授的名字是言子夜之后就截然不同了。

那是因为在二十多年前，言子夜同传庆的母亲冯碧落曾经有过一段还没有开始就匆匆结束的感情。二人虽情投意合，但由于冯家家长嫌言家"门不当户不对"，只能忍痛割爱，劳燕分飞。后来，言子夜出国留学，冯碧落嫁给聂介臣，言子夜也娶了一个南国姑娘为妻。上一代的恩怨瓜葛，原本仅限于此。

可对聂传庆而言，言子夜的意义非凡。如果当年他的母亲嫁给言子夜，那么聂传庆就是他的儿子，而非现在这个令传庆最厌恶、憎恨的聂介臣的儿子。如果是那样的话，他就能拥有言丹朱现在拥有的一切，甚至她所没有的，他也能拥有。这样，言子夜就成了一根救命稻草，让他在即将溺亡的瞬间看到一线生机。于是，他天天沉浸在如果自己是言子夜的孩子会与现在如何不同的幻想中，尤其在言子夜的课上更是无法认真听讲，直至被言子夜狠狠地批评训斥一番后，在万般羞愧与悔恨中，他并没有选择振作精神用心学习，而是在圣诞前夜向言丹朱求爱。照常理，既然是求爱，那应当是爱着对方，可聂传庆对言丹朱没有丝毫的爱意，相反，他向言丹朱求爱恰恰是出于对她的恨，他想通过这种方式对她进行报复，可这并非他的本心，其实他只想要一点爱，尤其是言家的人的爱，更具体地说其实是想要得到言子夜的爱。小说中对这种心理有非常细致的刻画与分析：

> 他恨她，可是他是一个无能的人，光是恨，有什么用？如果她爱他的话，他就有支配她的权力，可以对于她施行种种绝密的精神上的虐待。那是他唯一的报复的希望。
>
> ……………
>
> 她有点儿爱他么？他不要报复，只要一点爱——尤其是言家的人的爱。既然言家和他没有血统关系，那么，就是婚姻关系也行。无论如何，他要和言家有一点联系。

也就是说，他不过是将言丹朱当作通往言家的光明世界，靠近言子夜的一座桥梁。可谓用心良苦到几乎不择手段了。接着，他对言丹朱热烈地表白道："单是朋友不够。我要父亲跟母亲……丹朱，如果你同别人相爱着，对于他，你不过是一个爱人。可是对于我，你不单是一个爱人，你是一个创造者，一个父亲，母亲，一个新的环境，新的天地。你是过去与未来。你是神。"这一番话，表面看是在对言丹朱表白，事实上是在对言子夜倾吐心声，他将言子夜视为理想的父亲、母亲、新的环境、新的天地、是创造者、是神，这已然是一种"畸形的倾慕"。

令传庆内心绝望的是这种痛苦无处倾诉、无人了解，可是更让他绝望的却是他"跑不了"。他像当年的母亲，如同"绣在屏风上的鸟——悒郁的紫色缎子屏风上，织金云朵里的一只白鸟"，一天天，一年年，只能眼睁睁看着自己的身外那个温暖、明朗、蓬勃如春的世界，"年深月久了，羽毛暗了，霉了，给虫蛀了，死也还死在屏风上"。

四、关于恋母与弑父

这篇小说中，张爱玲将弗洛伊德的恋母弑父情结做了中国化的演绎。在弗洛伊德的精神分析学说理论中，恋母情结又称俄狄浦斯情结，弗洛伊德认为，儿童在性发展的对象选择时期，开始向外界寻求性对象。对于幼儿，这个对象首先是双亲，男孩以母亲为选择对象而女孩则常以父亲为选择对象。小孩做出如此的选择，一方面是由于自身的"性本能"，同时也是由于双亲的刺激加强了这种倾向，也即是由于母亲偏爱儿子和父亲偏爱女儿促成的。在此情形之下，男孩早就对他的母亲发生了一种特殊的柔情，视母亲为自己的所有物（即所谓"恋母"），而把父亲看成是争得此所有物的敌人，并想取代父亲在父母关系中的地位（即所谓"弑父"）。

在小说的相关情节中，我们能够清晰地看到聂传庆的"弑父情结"。特别是聂传庆在父亲废弃的支票上练习签名的细节。但是对于"恋母情结"的表现比较隐晦曲折。关于传庆的母亲冯碧落，小说中写道：

他四岁上就没有了母亲，但是他认识她，从她的照片上。她婚前的照片只有一张，她穿着古式的摹本缎袄，有着小小的蝙蝠的暗花。现在,窗子前面的人像渐渐明晰,他可以看见她的秋香色摹本缎袄上的蝙蝠。她在那里等候一个人,一个消息。她明知道消息是不会来的。她心里的天,迟迟地黑了下去。……传庆的身子痛苦地抽搐了一下。他不知道那究竟是他母亲还是他自己。至于那无名的磨人的忧郁,他现在明白了,那就是爱——二十多年前的,绝望的爱。二十多年后,刀子生了锈了,然而还是刀。在他母亲心里的一把刀,又在他心里绞动了。

  对于母亲,聂传庆的印象应该很模糊了,知道的也不多,更多的是想象,而关于母亲曾经的痛苦和忧郁则是他设身处地的揣测,二十多年前绝望的爱像一把刀将母亲的心戳得千疮百孔,"二十多年后……又在他心里绞动了",这刀子仍然是那"绝望的爱",但聂传庆心里的爱很显然并非男女之爱,而是对母亲的爱,之所以"绝望"是因为母亲已经不在人世,他对她的爱无所依存。现在他终于找到一个和母亲曾经有过密切情感关联,而且各方面都让他钦佩崇拜的人,这就是言子夜,于是他将对母亲全部的思念与爱都寄托在言子夜的身上。可是马上又发现这份爱仍是绝望,他没有办法向他表达这种爱,同时也没有办法获得他深深地期待着的子夜对他的爱。但是那毕竟是天天出现在他面前的一个实实在在的人啊!不像母亲只存在于他模糊的记忆和想象中。

  聂传庆对言子夜的爱,张爱玲用了"畸形倾慕"一词,之所以用这个词是因为它更像是爱情,他像爱着一个异性一样爱着言子夜。不少研究者由此便断定这是张爱玲借聂传庆寻找"理想父亲",变相地表达自己的"恋父情结"。笔者认为,与其说言子夜是聂传庆理想中的父亲的化身,倒不如说他是他想象中的母亲的替身。所以,他的这份爱其实是"恋母情结"的变体。并且我们可以看到，他对言子夜的这种感情也像爱情一样具有排他性，他不允许别人爱他，也不允许他爱别人，而在他看来，言丹朱正是那个"别人"。因此，从他得知言丹朱的父亲叫言子夜那一刻起便再无法对她只是艳羡，取而代之的便是嫉妒与仇恨。正是在这两种情感的驱使下，在平安夜，他对好心来劝慰他的言丹朱进行了歇斯底里的暴力攻击。

张爱玲被称作"心理（精神）分析派"的代表作家，而《茉莉香片》是其最具精神分析色彩的小说之一。如同一切杰出的作家，她从来不照搬理论，也不图解理论，而是从现实生活出发，在她的许多作品中都注入了自己的生命体验。这部小说也不例外。再有，她将弗洛伊德精神分析学说中的"恋母弑父情结"做了中国化、生活化的演绎，使普通读者能够毫无违和感地沉浸在小说编织的故事中，并且从中有所领悟。

这篇小说绝不是为满足人们的猎奇心理而写就的一个男孩在成长过程中由于父爱、母爱的极度缺失和父亲的摧残，导致其产生了畸形的恋母弑父情结的"传奇"故事。它的意义在于通过母子两代人的人生悲剧，展示了女性在无爱的婚姻中生命渐渐委顿，香消玉殒；孩童在无爱的家庭中性格逐渐扭曲变态，揭示了婚姻、家庭、父亲、母亲对于一个人成长的重要性，人必须在一个充满爱的世界里才能学会如何爱自己，爱别人，爱这个世界。而这一切，当然很大程度上是张爱玲从自己的成长经历中得出的结论。到这里，我们还能说张爱玲是一个傲娇高冷、超凡脱俗的女子吗？那分明是一个以一颗悲悯之心关切着滚滚红尘中的每一个弱小生命的温情女子。这也是时至今日，张爱玲以及她的作品仍然能打动我们的最重要的一点。

恋父妒母情结的书写
——解码《心经》

都说张爱玲有恋父情结，《心经》即是表现这一情结的代表性作品。故事讲得触目惊心——少女许小寒爱上了自己的父亲许峰仪，而许峰仪似乎也是半推半就，暧昧不清。这样有悖人伦的畸形恋情自然是无法找到出路的，最终，许峰仪为了摆脱良心上的不安和自责，选择了逃离妻女，与相貌同小寒有几份相像的绫卿同居。这当然是一个悲剧，然而，它不仅仅是许小寒和许峰仪父女二人的悲剧，也是许太太的悲剧，甚而还是段绫卿的悲剧。造成悲剧的根源，表面看来是小寒的错爱，实际却是父母对女儿的纵容与教育上的失职。特别是作为一家之主和父亲的许峰仪，不但没有尽到应尽的责任，还暗自引领着女儿走上了一条不归路，造成了所有人的悲剧。

一、令人心惊胆寒的许小寒

小说起笔不加任何交代，直截了当地以人物对话开篇："许小寒道：'绫卿，我爸爸没有见过你，可是他背得出你的电话号码。'"石破天惊，扑面而来，陡然令读者生出好奇之心和阅读的欲望。仅仅一句话，不仅将读者的胃口吊了起来，而且简捷、经济地将故事中最主要的三个人物一笔带出，简直是神来之笔！

"许小寒"，许是小寒出生的？然而我们很快就发现，并不是。因为此时此刻，小寒正在过生日，时间是仲夏。看来张爱玲给女主人公取这个名字是别有用心的，即有所暗示或象征。

张爱玲向来倾心于"参差的对照"。因此，主人公虽名为"小寒"，作者却让她在仲夏夜的幽暗、潺热中出场：

莹澈的天，没有星，也没有月亮，小寒穿着孔雀蓝衬衫与白裤子，孔雀蓝的衬衫消失在孔雀蓝的夜里，隐约中只看见她的没有血色的玲珑的脸，底下什么也没有，就接着两条白色的长腿。她人并不高，可是腿相当的长，从栏杆上垂下来，分外的显得长一点。她把两只手撑在背后，人向后仰着。她的脸，是神话里的小孩的脸，圆鼓鼓的腮帮子，尖尖下巴。极长极长的黑眼睛，眼角向上剔着。短而直的鼻子。薄薄的红嘴唇，微微下垂，有一种奇异的令人不安的美。

她坐在栏杆上，仿佛只有她一个人在那儿。背后是空旷的蓝绿色的天，蓝得一点渣子也没有——有是有的，沉淀在底下，黑漆漆，亮闪闪，烟烘烘，闹嚷嚷的一片——那就是上海。这里没有别的，只有天与上海与小寒。不，天与小寒与上海，因为小寒所坐的地位是介于天与上海之间。

背景是蓝得一点渣子都没有的莹澈的天，没有星，也没有月亮，与暗伏在这看似空旷的蓝绿的天色底下的"黑漆漆，亮闪闪，烟烘烘，闹嚷嚷的一片"再次形成静与动、纯与杂的对照。而孔雀蓝的夜与小寒苍白玲珑的脸、两条突兀的白色的长腿，又相互映衬、对照。这三番对照，让原本郁热的夏夜陡然间透露出诡异的色彩和丝丝缕缕"令人不安"的寒意。

这一幕，被张爱玲概括为"天与小寒与上海"。在这里，张爱玲一改前文的洗练，反复写道："她坐在栏杆上，仿佛只有她一个人在那儿……这里没有别的，只有天与上海与小寒。不，天与小寒与上海，因为小寒所坐的地位是介于天与上海之间。"这文字中分明是别有用意。很显然，张爱玲想突出的是"小寒……介于天与上海之间"，她似乎不仅仅是在向我们暗示"高处不胜寒"，或许更是在暗示这个故事的女主人公悬浮于天地之间，高不成、低不就的尴尬处境。

这是小寒的二十岁生日，陪她过生日的是她的几个闺蜜好友，这个年纪的女孩子间谈论最多的自然是同龄的男孩子，然而，小寒嘴里口口声声都是父亲，怪不得在场的几个女孩会怀疑她母亲已经过世。及至父亲回来，她又嗔怪他不早点回来吃晚饭、连衣服都汗潮了等等，语气不像女儿之于父亲，倒更像是妻子之于丈夫。在向朋友们介绍父亲的时候，她"又挽住峰仪的胳膊道：'这是我爸爸。我要你们把他认清楚了，免得……'她格吱一笑接下去道：'免得下次你们看见他跟我在一起，又要发生误会。'……'上次有一个同学，巴巴的来问我，跟你去看国泰的电影的那个高高的人，是你的男朋友么？我笑了几天——一提起来就好笑！这真是……哪儿想起来的事！'"这一番话表面是在提醒朋友们不要闹误会，但和她在和朋友谈及父亲时竭力强调他还很年轻的话语联系起来的话，不难看出这话里的得意——仍是炫耀爸爸的年轻。

除了强调父亲的年轻，她还反复表示自己不愿长大："我就守在家里做一辈子孩子，又怎么着？不见得我家里有谁容不得我！"话里满是任性，看来是被父母宠坏了。因此，身边的朋友们都对她的家庭羡慕不已。

然而，就是在"这么一个美满的家庭"中，一种不可告人的畸形情感历经长期的潜滋暗长、酝酿发酵，已然演变到无法收场的境地——许小寒爱上了自己的生身父亲许峰仪！都说女儿是父亲前世的情人，可她偏要这辈子与他纠缠在一起。按照弗洛伊德的精神分析理论，女儿在幼年时会对父亲有"恋父情结"，但由于这种情感不合人伦，会随着女孩的成长被压抑下来，进入青春期后，她们会将这种爱恋转移到同龄的异性身上，完成与父亲的心理分离，健康成长。

许小寒无疑是未能像绝大多数女孩那样成功地实现与父亲的心理分离的个例。小说中借许峰仪点明了这段感情的起点是在七八年前，"你才那么一点高的时候"，而后来许太太的话也印证了这一点："我三十岁以后，偶然穿件美丽点的衣裳，或是对他稍微露一点感情，你就笑我……现在我才知道你是有意的。"对于这份"不知不觉"间开始的情感，父亲声称："事情是怎样开头的，我并不知道。"而母亲也说："你叫我怎么能够相信呢？——总拿你当个小孩子！有时候我也疑心。过后我总怪我自己小心眼儿……"也许正如许峰仪所言，他们并不清楚事情是怎样开始的，但到最后，许小寒自己也不得不承认，七八年来，"她将她父母之间的爱慢吞吞的杀死了，一块一块割碎了——爱的凌迟！"

在这段情感的发展过程中，她始终保持着积极主动的姿态。她步步为营，将自己未来的路也已经设计得妥妥帖帖，她向父表白："我是一生一世不打算离开你的。"她用激将法诱使暗恋她的男孩龚海立公开坦白了其对自己的爱情，却回身对父亲说，这原只是为了防止"有一天我老了，人家都要说：她为什么不结婚？她根本没有过结婚的机会！没有人爱过她！谁都这样想——也许连你也会这样想"。与父亲的犹疑和愧悔相较，她在这份感情中表现得更加坚定、决绝。当父亲问她："我使你痛苦吗？"她斩钉截铁地答道："不，我非常快乐。"当父亲决定将她送往三舅母家暂住些时日，她激烈地表达了自己的抗拒："你要是爱她，我在这儿你也一样的爱她。你要是不爱她，把我充军到西伯利亚去你也还是不爱她。"可谓振振有词。甚而反驳父亲："她老了，你还年青——这也能够怪在我身上？"这些言论，将自己的责任推卸得一干二净，为其与父亲的乱伦找到了合乎情感的理由——由于父母之间身心的差异，二人早已没有了爱情。这样，她不仅将自己堂而皇之地从道德囹圄中解放出来，还试图为父亲扫清情感出轨的心理障碍。当父亲决定带了母亲走开时，她又宣称："要走我跟你们一同走。"她甚至"满含着轻亵与侮辱"地对父亲表示："你早该明白了，爸爸……我不放弃你，你是不会放弃我的！"言语间满是自负与挑衅，仿佛父亲已被她死死地攥在手中，因为她确信："他对她母亲的感情，早完了，一点也不剩。至于别的女人……她爸爸不是那样的人！"

及至她发现父亲竟然与自己的好友绫卿同居，她才意识到这一次父亲是下了决心要了断这份情感。她自然是绝不肯放弃这份情感，也绝不肯放弃父亲的。她先是提醒母亲说："爸爸渐渐的学坏了！妈，你也不管管他！"……"妈，你不趁早放出两句话来，等他的心完全野了，你要干涉，就太迟了！你看他这两天，家里简直没看见他的人。难得在家的时候，连脾气都变了。你看他今儿早上，对您都是粗声大气的……"试图利用母亲名正言顺地将父亲的"野心"收拢回来，却未能奏效。后来龚海立来访，她又极力劝说龚海立阻止绫卿，然而仍未奏效。接着她又对父亲编出自己答应了龚海立求婚的谎言，试图激起父亲的嫉妒心，挽回他们的情感，不料父亲竟然不为所动。继而她又借绫卿曾和她说的"人尽可夫"来挑唆二人的关系，父亲竟仍不为所动。面对父亲的断然离去，她几近崩溃，对他哭道："你看不起我，因为我爱你！你哪里还有点人心哪——你是个禽兽！你——你看不起我！"并"扑到他身上去，打他，用指甲抓他"。当这些计划一个个落空，她所有努力都无法挽回父亲那颗冷若冰霜的心，她"跳起身来……她决定去找绫卿的母亲，这是她最后的一着"。她忖度着："既然绫卿的嫂子能够支配这老太太，未见得小寒不能够支配她！她十有八九没有知道绫卿最近的行动。知道了，她决不会答应的。绫卿虽然看穿了她的为人，母女的感情还是很深。她的话一定有相当的力量。"然而，到了绫卿家门口，她"却踌躇起来，把要说的话，在心上盘算了又盘算"。终于她还是被母亲拦了回来。事实上，她之所以犹豫徘徊，就是因为她很清楚，即便自己有机会见到绫卿的母亲，说服她阻止绫卿和父亲在一起，她和父亲也只能是咫尺天涯，"在他们之间，隔着地板，隔着柠檬黄与珠灰方格子的地席，隔着睡熟的狸花猫，痰盂，小撮的烟灰，零乱的早上的报纸……她的粉碎了的家！……短短的距离，然而满地似乎都是玻璃屑，尖利的玻璃片，她不能够奔过去。她不能够近他的身。"

是的，这样的情感注定是悲剧。她亲手"杀死"了父母的爱情,也"粉碎"了自己的幸福家庭。小说以许峰仪外室别居、许小寒离家北上、许太太独守空巢结尾。可是深想想,许小寒今后的人生将会怎样?不禁胆寒。恐怕她这一生很难再爱上别的男性了吧?即便最终能找一个归宿,恐怕也会是一个与父亲相似的男子吧!那无非是她父亲的替身……

二、风仪尽失的许峰仪

峰仪这个名字很自然地会令人联想到"高山仰止"来,他高大的身材、苍黑的脸色也确实给人威仪凛然之感,然而做丈夫、做父亲他都不合格,更谈不上让人"心向往之"。

通过小说开头对许家居住的"白宫公寓"的描写,对许小寒的几个朋友的交代,读者已经可以初步断定,这个家庭是一个中上等的家庭,作为一家之主的许峰仪虽然还未露面,我们也可推测,他应该是一位有钱有地位、事业有成的成功人士。除此之外,我们还可以从许小寒和朋友的聊天中获得一些别的信息。他很早就与小寒的母亲结了婚,所以女儿已经20岁了,但他的年纪还不到40岁。推算起来,他应当生于清朝末年,长于民国初年。小说中并未交代他的家庭和早年所受的教育以及成长的经历,但我们从他的生活现状也可以推测,他应当出生在一个没落的封建家庭,幼年时接受过较为传统的封建教育,在"五四"期间,作为一个青年人的他,不可能不受到新文化、新思想的影响。正因如此,他才会有银行中的高级职位和在他后辈的青年人看来都是"太合乎理想""太幸福"的家庭。但就是这样一个"新派"的人,"别的迷信没有,对于阳宅风水倒下过一点研究"。看来,还真是一个半新半旧的"摩登老太爷"。

在他出场前,小说借许小寒之口提及了一个看似无关紧要的细节,那就是他自从搬进这所公寓起就"成天闹着说不喜欢上海,要搬到乡下去",却又"一住倒住了七八年了"。而他所说的乡下"不过是龙华江湾一带"。但正是这个细节,却透露了一些非常重要的信息。由此我们可以做出如下推断:一是他极有可能并非真不喜欢喧嚣热闹的大上海,否则不至于不忍心彻底远离它,更不至于在这里一住就是七八年。如是,则可以断定,他是一个口是心非之人。论理,在家人面前并无必要装假,因此,当是第二种可能,即他确实不喜欢上海。然而他竟然能继续在这里生活七八年。从这一细节可以断定,他是一个做事犹豫不决、拖泥带水之人。事实也正是如此,他对女儿的畸恋正是始于七八年前、女儿刚刚进入青春期时。他对于自己的这种畸形情感并非不自知,也并非全无愧悔,却挨挨延延了七八年。

小说中还有一处细节不容忽略,是许家的陈设布置:"钢琴上面一对暗金攒花照相架里的两张照片,一张是小寒的,一张是她父亲的。她父亲那张照片的下方,另附着一张着色的小照片,是一个粉光脂艳的十五年前的时装妇人,头发剃成男式,围着白丝巾,苹果绿水钻盘花短旗衫,手里携着玉色软缎钱袋,上面绣了一枝紫萝兰。"当在场的所有女孩子认为这妇人是许小寒的母亲时,却被告知:"这是我爸爸。"众人仔细辨认,"果然是她父亲化了装"。如果说许峰仪男扮女装拍下这张照片也许只是一时兴起,那么将这样一张照片摆放在客厅的显眼位置就颇值得我们玩味了。这很显然不是无意之举,也决然非一时之兴。

关于照相与男扮女装,鲁迅在《论照相之类》中有言:"我们中国的最伟大最永久的艺术是男人扮女人……因为从两性看来，都近于异性，男人看见'扮女人'，女人看见'男人扮'，所以这就永远挂在照相馆的玻璃窗里，挂在国民的心中。"鲁迅针对观"男扮女装"照片者的隐秘心理乃至潜意识进行了入木三分的剖析。那么，男扮女装并摄影留念者又是出于怎样的心理呢？大致也可以借鉴鲁迅的分析思路——男人在"扮女人"中一方面按照自己对"女人"的想象塑造了一个理想"女人"的形象，实现了其对女性的臆想和"意淫"；另一方面又在这个与自己既相似又不同的"女人"的"审美"中实现了潜意识中的"自恋"情结。那么许峰仪不仅男扮女装并摄影留念，还将照片堂而皇之地摆在自家客厅最醒目的位置，无疑正是这种自恋情结的体现。

鲁迅谈及"扮女人"时所举的例子是自从梅兰芳的"天女散花"和"黛玉葬花"像被挂在照相馆的门口，竟引领了"继起的模仿者们的拟天女照相"蔚然成风。然而，许峰仪却没有跟风去拍"天女散花"或"黛玉葬花"一类的古装照，而是将自己扮成了一位"时装妇人"。从这一细节中可以窥见，相比古典的、传统的女性，他更喜爱的是靓丽、时髦、性感的现代女性。此外，三张照片还暗示我们，在这个家庭中，男主人处于绝对的主宰地位。小小一处细节，具有如此多种暗示性，不得不佩服张爱玲的笔力之高超。

沿着这些信息继续深入剖析，我们就能够抽丝剥茧，逐渐看清许峰仪的内心世界了——这个男人由于"自恋"最终导致了"恋女"！那么，从"自恋"到"恋女"，许峰仪又经历了怎样的心路历程呢？这首先要从他与妻子的关系说起。从作家的叙述中可以推断，许太太年轻时应当是容貌出众的，但同时她又是一个非常传统的女性，所以并不符合许峰仪心目中靓丽、时髦、性感的标准，然而那时的她由于年轻貌美尚能吸引丈夫。小说中虽未正面描叙，但可以想象，女儿出生后，她像大多数女人一样，将全副精力都倾注在孩子和家庭中，再无暇顾及自己，故与丈夫的情感渐渐疏离。而作为丈夫的许峰仪，其自恋型人格特征开始逐渐显现，在女儿许小寒5岁时（即15年前），他拍下了那张男扮女装的"时装妇人"照。由于在这个家庭中，许峰仪是绝对的一家之主，于是他可以无所挂碍也无所顾忌地进行"自我欣赏，自我抚摸，自我玩弄，直至获得彻底的满足"，"扮女人"是，拍照是，炫照更是。女儿渐长，他渐渐发现，女儿和自己如此相像（虽然小说中并未交代许小寒与许峰仪的长相是否相像，但根据遗传规律，女儿更像父亲），于是，他开始是在女儿身上延续着自己的"自恋"，待女儿长至十二三岁的时候，他与女儿的情感已在不知不觉间跨越了父女亲情，开始走向畸形，正如他对女儿的自陈："事情是怎样开头的，我并不知道。七八年了——你才那么一点高的时候……不知不觉的……"而进入青春期之后的女儿，对许峰仪来讲意味着双重的满足，一是，在女儿身上他仍能看到与自己的相似之处，这继续满足着他的"自恋情结"；二是，出落得如花似玉的女儿，已经不再单纯地看上去像他自己，而是越来越像那个男扮女装的"时装妇人"，越来越靓丽、时髦、性感，又满足了他的女性想象，因此，他虽然自知对女儿产生了不伦的情感，却又无法遏制，任其无度泛滥。而许小寒如同任何一个成长中的女孩一样，对于父亲自然是有着崇拜和依恋之情的（即弗洛伊德所说的"恋父情结"）。按照常情，这种情感本可以在进入青春期后，随着她的社会化顺利地迁移到同龄异性身上，但由于许峰仪的暧昧不明和诱导、纵容，导致女儿始终无法转移对其的崇拜和依恋，到20岁时，女儿已彻底丧失了爱上别的异性的兴趣和能力，决心要"一生一世不打算离开"他。

可是就在许小寒做好一切准备、决定守着父亲"做一辈子小孩"的时候，许峰仪却决心抽身而退，不论许小寒如何尽力挽回，他仍是心如磐石，坚定不移地与女儿斩断情丝。这样看来，又令人觉得他虽然先前有失父亲的风仪，但毕竟最终悬崖勒马，也算虽有缺点却人性未泯、良知尚存。

是的，如果仅止于此，自然可以这样评价这个形象。可事实上这个男人并没有真正断绝对女儿的不伦情感。在他放弃了女儿许小寒之后，转而选择了许小寒的好友段绫卿。之所以选择段绫卿是因为她不仅年龄与许小寒相仿，更重要的是，段绫卿的长相和女儿很有几分相像。他在许小寒的生日聚会上第一次见到段绫卿时就注意到了这一点，便暗暗将段绫卿选定为女儿的替身。选择和绫卿在一起，看似悬崖勒马、抽身而退，事实上却仍是处心积虑、想方设法延续自己畸形的"恋女"和"自恋"情结。而这一选择也表现了他的软弱无能，卑劣无耻。

许峰仪的卑劣无耻特别突出地表现在他与许小寒有关段绫卿的这番对话中：

她说："你以为绫卿真的爱上了你？她告诉过我的，她是'人尽可夫'！"

峰仪笑了，像是感到了兴趣，把皮包放在沙发上道："哦？是吗？她有过这话？"

小寒道："她说她急于结婚，因为她不能够忍受家庭里的痛苦。她嫁人的目的不过是换个环境，碰到谁就是谁！"

峰仪笑道："但是她现在碰到了我！"

小寒道："她先遇见了龚海立，后遇见了你。你比他有钱，有地位——"

峰仪道："但是我有妻子！她不爱我到很深的程度，她肯不顾一切地跟我么？她敢冒这个险么？"

小寒道："啊，原来你自己也知道你多么对不起绫卿！你不打算娶她。你爱她，你不能害了她！"

峰仪笑道："你放心。现在的社会上的一般人不像从前那么严格了。绫卿不会怎样吃苦的。你刚刚说过：我有钱，我有地位。你如果为绫卿担忧的话，大可以不必了！"

小寒道："我才不为她担忧呢！她是多么有手段的人！我认识她多年了，我知道她，你别以为她是个天真的女孩子！"

峰仪微笑道："也许她不是一个天真的女孩子。天下的天真的女孩子，大约都跟你差不多罢！"

小寒跳脚道："我有什么不好？我犯了什么法？我不该爱我父亲，可是我是纯洁的！"

峰仪道："我没说你不纯洁呀！"

小寒哭道："你看不起我，因为我爱你！你哪里还有点人心哪——你是个禽兽！你——你看不起我！"

在这一段对话中，许小寒开始是极尽能事地向父亲表明段绫卿并不是真心爱他，只是因为他有钱有地位，随后又劝诫父亲"你爱她，你不能害了她！"可谓晓之以理，动之以情，足见其心之切，许峰仪不可能感受不到，然而，他竟微笑着对许小寒说："也许她不是一个天真的女孩子。天下的天真的女孩子，大约都跟你差不多罢!"言辞表情中充满了对女儿的侮蔑和讥讽,把这段不伦恋情的罪责完全归结到女儿身上,难怪许小寒听了立刻跳脚辩解:"我不该爱我的父亲,可是我是纯净的!"看到女儿如同一只陷在这段乱伦情感中的困兽,许峰仪没有丝毫的羞愧和心痛,继续反唇相讥道:"我没说你不纯洁呀!"一副无赖、无耻的嘴脸。真是没有一点人心的"禽兽"!

在这段不伦的感情中,表面看是许小寒始终在主动出击,面对许峰仪的退缩又使尽浑身解数地死缠烂打,不肯罢休,但事实上真正的罪魁祸首却是身为父亲的许峰仪。不仅如此,他在一手制造了自己、妻子、女儿的悲剧后,还将悲剧转嫁到无辜的段绫卿身上。可以说,和张爱玲笔下的绝大多数男性形象相似,许峰仪是一个不负责任的丈夫、父亲、男人,然而和绝大多数其他男性形象不同的是,他的自私、不负责任、阴郁、变态是深深地隐藏在开明、新派、成功的表面之下的。因此,许峰仪这个父亲与《沉香屑·第二炉香》中那个表面楚楚可怜、慈爱有加,内心却藏着"静静的杀机"的母亲蜜秋儿太太同样令人毛骨悚然。

三、许太太:贤妻良母人设下的病态女奴

许太太在这场悲剧中扮演了怎样的角色?也是需要我们厘清的。小说中描写许太太的笔墨并不多,在她出场前,张爱玲先是借许小寒口口声声向朋友们炫耀"我爸爸"和客厅里摆放的3张照片这两个细节,在凸显许峰仪的同时,也反衬、暗示了许太太在这个家庭中的地位——作为妻子和母亲的她是被无视的。

许太太正式出场是在生日宴会的所有宾客离去后,当时许小

寒与父亲一番笑闹之后被许峰仪的一席话"我知道你为什么愿意永远不长大……你怕你长大了，我们就要生疏了"给惹哭了，正搂着父亲的脖子"扑簌簌落下两行眼泪，将脸埋在他肩膀上"。

小说中写道：

许太太开门进来，微笑望了他们一望，自去整理椅垫子，擦去钢琴上茶碗的水渍，又把所有的烟灰都折在一个盘子里，许太太穿了一件桃灰细格子绸衫，很俊秀的一张脸，只是因为胖，有点走了样。眉心更有极深的两条皱纹。她问道："谁吃烟来着？"

小寒并不回过脸来，只咳嗽了一声，把嗓子恢复原状，方才答道："邝彩珠和那个顶大的余小姐。"

峰仪道："这点大的女孩子就抽烟，我顶不赞成。你不吃罢？"

小寒道："不。"

许太太笑道："小寒说小也不小了，做父母的哪里管得了那么许多？二十岁的人了——"

小寒道："妈又来了！照严格的外国计算法，我要到明年的今天才二十岁呢！"

峰仪笑道："又犯了她的忌了！"

许太太笑道："好好好，算你十九岁！算你九岁也行！九岁的孩子，早该睡觉了。还不赶紧上床去！"

小寒道："就来了。"

许太太又向峰仪道："你的洗澡水给你预备好了。"

峰仪道："就来了。"

许太太把花瓶送出去换水，顺手把烟灰碟子也带了出去。

在这个场景中，张爱玲以简洁的文字对许太太的表情、神态、动作、衣着、相貌等进行了白描。可以看出，这是一个典型的传统女性，她年轻时应当是一个容貌俊秀的女子，与绝大多数家庭主妇一样，在经年的岁月和操持家务的辛劳中，她渐渐销蚀了原本秀丽的容颜、姣好的身材。她性格和善宽厚，看到丈夫和女儿相拥的情景，只是"微笑望了他们一望"，看上去是一个满足于自己和睦幸福家庭的贤妻良母。然而如若果真如此，为何她的"眉心更有极深的两条皱纹"？正如张爱玲在《倾城之恋》中范柳原取笑白流苏所言"低了多年的头，颈子上也许要起皱纹的"，许太太一定是皱了多年的眉，眉心才会生出这两条极深的皱纹，就凭这两条皱纹，我们可以断定，她的内心一定深藏着不为人知的隐忧。

接下来一家三口几句简单的家常话看起来平淡无奇，然而，细细品味，却会发现暗流潜动。许太太张口说的第一句话："刚才谁吃烟来着？"这句话是问许峰仪还是许小寒呢？前文中作者借许小寒和许峰仪的对话："小寒也笑了，凑在他头发上闻了一闻，皱着眉道：'一股子雪茄烟味！谁抽的？'峰仪道：'银行里的人。'小寒轻轻用一只食指沿着他鼻子滑上滑下，道：'你可千万别抽上了，不然，就是个标准的摩登老太爷！'"交代许峰仪是不抽烟的。那么许太太的这个问题就只能是问许小寒的。为什么问这样一个问题呢？仅仅是因为许太太看到烟灰碟子里的烟灰吗？绝非如此。接下来张爱玲写道"小寒并不回过脸来"，从这句话可以看出许小寒此时是背对许太太的。因此，许太太其实是想借这个问题要许小寒回过脸来回答她，只要许小寒回过脸来，这父女俩相拥的状态也自然会结束。也就是说，许太太是想通过这一问一答不动声色地将眼前这父女俩分开。可见，她并非真的不在意这父女俩非比寻常的亲昵。但如此好像又与她的"微笑"矛盾了，在意，就不可能开心，又怎么会"微笑"呢？还要回到父女俩拥抱的姿势——许小寒是背对许太太的，那么许峰仪就是面对许太太的。到这里我们也就能明白许太太的微笑了——她是笑给许峰仪的。可是此时的情景明明是许小寒背对着她，她如果不希望丈夫和女儿这样黏在一起，完全可以用一个眼神、一个表情去暗示丈夫，她为何却选择了违心的微笑呢？只有一种可能：她在讨好丈夫。前文中，通过客厅中的3张照片我们已经可以看出她在这个家庭中卑微的地位。在这里，张爱玲进一步做了暗示。接下来的对话也别有意味，许峰仪说："这点大的女孩子就抽烟，我顶不赞成。你不吃罢？"表面看是在谈论抽烟，其实他想强调的是"小寒还小"，言外之意是"她还是个孩子，我们没什么"。而接下来，许太太对答道："小寒说小也不小了，做父母的哪里管得了那么许多？二十岁的人了——"这一番话其实是在提醒暗示这父女俩："小寒已经不小了，已经是大人了，你们应当注意分寸，保持距离。"但立刻遭到了许小寒的反驳，她说道："妈又来了！照严格的外国计算法，我要到明年的今天才二十岁呢！"许峰仪也笑着说："又犯了她的忌了！"这里，父女俩不约而同地用了"又"，可见，类似这样的话，许太太不是第一次说，只是因为她在这个家庭中实在是太无足轻重了，许峰仪和许小寒又一直合力在与她抗衡，她的每次提醒最终都无济于事。这次也一样，于是，她只好笑着对女儿说："好好好，算你十九岁！算你九岁也行！九岁的孩子，早该睡觉了。还不赶紧上床去！"又对丈夫说："你的洗澡水给你预备好了。"用"赶紧去睡觉"的理由试图将这对腻腻歪歪地黏在一起的父女分开。然而,得到的回答却是异口同声的"就来了"。事实是,在她离开后他们又腻歪了好一会儿,"又过了半晌,小寒方才去了"。

之所以如此细致地分析这个场景,不仅仅是因为这是许太太出场的一幕;还因为这是这部小说中唯一一处许家三口人之间的相互交流;更重要的是,这个细节中确实隐藏了很多不易察觉的信息。同时,这一情节还为后文做足了铺垫。

后文中,许太太再度出现是在许峰仪为了躲避许小寒,天天下班后躲在外面不回家时。这一天,许小寒接到朋友波兰的电话,告诉她在电影院里看到许峰仪和段绫卿一起看电影,许小寒刚刚放下电话,铃声再度响起,原来是她父亲:

他匆匆地道:"小寒么?叫你母亲来听电话。"

小寒待要和他说话,又咽了下去,向旁边的老妈子道:"太太的电话。"自己放下耳机,捧了一本书,坐在一旁。

许太太挟着一卷挑花枕套进来了,一面走,一面低着头把针插在大襟上。她拿起了听筒道:"喂!……噢……唔,唔……晓得了。"便挂断了。

小寒抬起头来道:"他不回来吃饭?"

许太太道:"不回来。"

小寒笑道:"这一个礼拜里,倒有五天不在家里吃饭。"

许太太笑道:"你倒记得这么清楚!"

小寒笑道:"爸爸渐渐地学坏了!妈,你也不管管他!"

许太太微笑道:"在外面做事的人,谁没有一点应酬!"她从身上摘掉一点线头儿,向老妈子道:"开饭罢!就是我跟小姐两个人。中上的那荷叶粉蒸肉,用不着给老爷留着了,你们吃了它罢！我们两个人都嫌腻。"

小寒当场没再说下去，以后一有了机会，她总是劝她母亲注意她父亲的行踪。许太太只是一味地不闻不问。有一天，小寒实在忍不住了，向许太太道："妈，你不趁早放出两句话来，等他的心完全野了，你要干涉，就太迟了！你看他这两天，家里简直没看见他的人。难得在家的时候，连脾气都变了。你看他今儿早上，对您都是粗声大气的……"

许太太叹息道："那算得了什么？比这个难忍的，我也忍了这些年了。"

小寒道："这些年？爸爸从来没有这么荒唐过。"

许太太道："他并没有荒唐过，可是……一家有一家的难处。我要是像你们新派人脾气，跟他来一个钉头碰铁头，只怕你早就没有这个家了！"

小寒道："他如果外头有了女人，我们还保得住这个家么？保全了家，也不能保全家庭的快乐！我看这情形，他外头一定有了人。"

许太太道："女孩子家，少管这些事罢！你又懂得些什么？"

这次是母女俩之间的一次交流。许小寒却因无法挽留父亲，只好试图借母亲的力量约束父亲，许太太却仍然是一副贤良淑德、云淡风轻的样子，但从她的话语间可以看得出她非常清楚在丈夫与女儿之间发生了什么，也明白女儿为何反复提醒她要管管丈夫，但她是打定主意不打算过问、管束丈夫的。

接下来是当天下午，许峰仪从外面回来和许小寒在电梯里相遇，许小寒试图再次用龚海立激起许峰仪的醋意，但并未奏效，于是回到家气急败坏地冲正在阳台的凉棚下修剪盆景的许太太大发雷霆：

小寒站在门口，愣了一会，也走进客室里来。阳台上还晒着半边太阳，她母亲还蹲在凉棚底下修剪盆景。小寒三脚二步奔到阳台上，唿朗一声，把那绿瓷花盆踢到水沟里去。许太太吃了一惊，扎煞着两手望着她，还没说出话来，小寒顺着这一踢的势子，倒在竹篱笆上，待要哭，却哭不出来，脸挣得通红，只是干咽气。

许太太站起身来，大怒道："你这是算什么？"

小寒回过一口气来，咬牙道："你好！你纵容得他们好！爸爸跟段绫卿同居了，你知道不知道？"

许太太道："我知道不知道，关你什么事？我不管，轮得着你来管？"

小寒把两臂反剪在背后，颤声道："你别得意！别以为你帮着他们来欺负我，你就报了仇——"

许太太听了这话，脸也变了，刷地打了她一个嘴巴子，骂道："你胡说些什么？你犯了失心疯了？你这是对你母亲说话么？"

母女俩从引而不发的暗示终于发展为正面冲突，面对女儿的情绪失控，隐忍多年的许太太终于爆发，不仅声色俱厉地教训了女儿，还重重地扇了女儿一记耳光。小说中写道，许小寒"是有生以来第一次看见她母亲这样发脾气"，她挨了这一记耳光后，"心地却清楚了一些，只是嘴唇还是雪白的，上牙忒楞楞打着下牙"。读到这里，我们一定会痛惜，如果许太太能早些去想办法引导女儿，哪怕早些将这一记耳光扇在女儿脸上，事态绝不至发展到如此境地。

事已至此，当然不是一记耳光就能迎刃而解的。许小寒并未幡然悔悟，待母亲离去后，她又去找父亲，试图挑拨他和段绫卿的关系，终于还是失败，于是，她愤而"扑到他身上去，打他，用指甲抓他。峰仪捉住她的手，把她摔到地上去。她在挣扎中，尖尖的长指甲划过了她自己的腮，血往下直滴"。这时，"穿堂里一阵细碎的脚步声"，是许太太。为了掩饰，许峰仪将女儿"从地上曳过这边来，使她伏在他膝盖上，遮没了她的面庞"。许太太推门进来，看到眼前这一幕，仍然是一贯的泰然。她和颜悦色地询问丈夫晚上是否回家吃饭，得知丈夫"有点事要上天津去一趟，耽搁多少时候却说不定"，也只是淡淡地问丈夫几时动身，并尽职尽责地叮嘱丈夫："别的没有什么，最要紧的就是医生给你配的那些药，左一样，右一样，以后没人按时弄给你吃，只怕你自己未必记得。我还得把药方子跟服法一样一样交代给你。整理好了，你不能不过一过目。"说完便自去为丈夫打点行李。如果说对待女儿，许太太还有过严厉与教训，对待丈夫则是始终如一的恭顺与纵容，在丈夫面前，她从未说过半个不字，勤勤恳恳地为丈夫打理好一切，俨然成功男人背后的那个默默付出的女人。为丈夫、为孩子、为家庭，她倾尽全力，换来的却是丈夫、女儿对她的背叛，真是一个令人同情的妻子、母亲。

正所谓"可怜之人必有可恨之处"，许太太的可恨之处就在对丈夫和女儿畸恋的无所作为。到最后，面对女儿的埋怨："妈，你早也不管管我！你早在那儿干什么？"她的对答是："我一直不知道……我有点知道，可是我不敢相信——一直到今天，你逼着我相信……"这样的支吾、闪烁其词，自然只是托词，故而许小寒直言："你早不管！你……你装着不知道！"许太太的解释是："你叫我怎么能够相信呢？——总拿你当个小孩子！有时候我也疑心。过后我总怪我自己小心眼儿，'门缝里瞧人，把人都瞧扁了'。我不许我自己那么想，可是我还是一样的难受。有些事，多半你早已忘了：我三十岁以后，偶然穿件美丽点的衣裳，或是对他稍微露一点感情，你就笑我……他也跟着笑……我怎么能恨你呢？你不过是一个天真的孩子！"很显然，这番自白还是给自己找托词，既然心里难受，为什么不去和丈夫沟通，不去及时引导女儿？从前文中她对丈夫和女儿关于年龄的那番言词中，不难看出，她并不是一个不善言辞、不会交流的女人。之所以在这个过程中她一直缄默无为，是因为深刻在她骨子里的"三从四德"，特别是对丈夫无条件地遵从，已经到了昏聩的程度。她曾对女儿说："我要是像你们新派人脾气，跟他来一个钉头碰铁头，只怕你早就没有这个家了！"为了维持这个所谓的"家"，她勤勤恳恳，兢兢业业，缝缝补补，和和气气。她满心满眼都是丈夫、都是家，至于自己，正如她自语："我一向就是不要紧的人，现在也还是不要紧。"真是可怜、可恨，又可悲。

　　直到最后，对待许峰仪和段绫卿的同居，她仍是毫无底线的纵容："不让他们去，又怎样？你爸爸不爱我，又不能够爱你——留得住他的人，留不住他的心。他爱绫卿。他眼见得就要四十了。人活在世上，不过短短的几年。爱，也不过短短的几年。由他们去罢！"不仅如此，她还要勉力收拾丈夫留下的烂摊子，面对"只想死"的女儿，她表现出了前所未有的决断力："你怪我没早管你，现在我虽然迟了一步，有一分力，总得出一分力。你明天就动身,到你三舅母那儿去……你在北方住几个月,定下心来,仔细想想。你要到哪儿去继续念书,或是找事,或是结婚,你计划好了,写信告诉我。我再替你布置一切。"并且安慰女儿:"你放心。等你回来的时候,我一定还在这儿……你放心……我……我自己会保重的……等你回来的时候……"是的,她能确定的只是"等你回来的时候,我一定还在这儿",因为只有她是无处可逃的。她知道,即便女儿有朝一日能够回来,丈夫也绝不会回头了。面对这样一个破碎的家即便她再怎么"保重",恐怕也无法心安。

总之,在这个家庭悲剧中,如果说罪魁祸首是许峰仪,那么许太太无疑扮演了帮凶的角色。她看起来是一个宽大、仁慈的母亲、妻子,但实质上却是男权社会的女奴,没有自我,没有自尊,在家中她恪守"女德",对丈夫一味恭顺,俯首低眉,"低到尘埃里",正是她愚蠢的卑微和纵容,使得丈夫毫无顾忌地将女儿引向罪恶的深渊,直到最后她也没有主动寻求恰当的方法去解决问题,而是继续放纵丈夫寻找情感的替代品,导致了更大的悲剧——整个家庭的破碎。

四、段绫卿:是"人尽可夫"还是"恋父"?

最后,还有一个不能忽略掉的人物——段绫卿。这个女孩,在小说中只在许小寒的生日会上现身过,看起来也是浮光掠影。我们只知道她和许小寒年龄相仿,长相相像,她的家庭不幸,寡母和寡嫂待她并不好,因此她急着想要通过嫁人改变自己的生活境遇,对婚姻,她没有太多的浪漫期待,在和许小寒的谈话中她坦言自己是"人尽可夫"的。对于她最终选择成为许峰仪的情人，许小寒和父亲曾有一番辩论，许小寒认为她是为了父亲的地位和财产，许峰仪却认为她是出于对自己的深爱。看上去许小寒和许峰仪都有各自的道理。许小寒是受到段绫卿"某一阶级与年龄范围内的未婚者……在这范围内，我是'人尽可夫'的"自白的影响。而且，此前她确实在践行自己的这番言辞，她明知龚海立爱着许小寒，却仍然愿意接受其"不完全的爱"并与其恋爱。所以许小寒根据她的言行得出这样的结论并非空穴来风，甚至是顺理成章的。但是问题又来了，本来她和龚海立的恋爱进行得很顺利，"连她那脾气疙瘩的母亲与嫂子都对于这一头亲事感到几分热心……海立与绫卿二人，一个要娶，一个要嫁，在极短的时间里，已经到了相当的程度了。"加之，"海立在上海就职未久，他父亲又给他在汉口一个著名的医院里谋到了副主任的位置，一两个月内就要离开上海。他父母不放心他单身出门，逼着他结了婚再动身。"照理，他们应该很快就要结婚，然后前往汉口。就在这当口，她竟出人意料地放弃了指日可待的幸福前景，最终选择了和许峰仪在一起，过没有名分、没有法律地位、遭人冷眼的生活。

这选择着实令人费解。若从外在的物质条件讲，龚海立应当是不输许峰仪的，他家庭优渥，学业成绩斐然，职业虽刚刚起步，但起点颇高，已经谋得著名医院的副主任，可谓前途无量；若论长相，龚海立"人虽不说漂亮，也很拿得出去"，而许峰仪的外形也并不英俊，只是一个"高大身材，苍黑脸的人"。论年龄，龚海立和绫卿相仿，而许峰仪比绫卿大将近20岁。两相对照，无论从哪个角度看，绫卿都应当选择龚海立才是。难道真如许峰仪所言，她是因为爱他，才选择和他在一起？可我们看来看去，真看不到这个中年男人身上有什么值得一个女孩子爱到这样不计得失的程度。当我们将前文中对于龚、许二人的对比反过来看时就会得到答案了！物质也好，长相也罢，龚海立同许峰仪是不相上下的，只有年龄，在普通人看来是龚海立胜出许峰仪的优势，然而这外人看来的优势，恰恰是导致他败下阵来的原因，至少在段绫卿这里，年纪轻是劣势，而非优势。也就是说，段绫卿钟情的恰恰就是年长的男性——竟然又是"恋父情结"！

缘何段绫卿也会有如此深重的"恋父情结"呢？当然还要从她的家庭和成长经历中去寻找答案。关于她的成长经历，小说中几乎找不到正面的描写，但作家还是在叙述中流露出一些蛛丝马迹，让我们能够沿着这些文字的缝隙，找到真正的答案。段绫卿和许小寒谈及自己的家庭时，特别提到自己的母亲："我父亲死后，她辛辛苦苦把我哥哥抚养成人，娶了媳妇，偏偏我哥哥又死了……"从这些只言片语中，我们大致可以了解她的成长道路，她年幼丧父，从小就生活在一个只有母亲的单亲家庭中，可以想象，母亲将她和哥哥抚养成人，已是十分不易，但不幸哥哥又在婚后不久英年早逝。她的家庭氛围定是压抑的、阴沉的。这样的环境，自然会令她感到窒息，想要逃离。因此，她才会对许小寒说自己是"人尽可夫"。与龚海立恋爱，无非是为了摆脱她的家庭，"换个环境"。但她由于童年父爱的缺失，在潜意识中有着极为强烈的"恋父情结"，只是由于现实生活中没有机会表达这种情感，只能将其压抑在心灵深处。这也就能够理解她看到许小寒和父亲的亲密无间后羡慕他们"有这么一个美满的家庭！"不明所以的她，在内心深处已将许峰仪视为自己心目中理想父亲的化身。故而，当许峰仪向她伸出双臂时，她便毫不犹豫地投入到这个中年男人的怀抱中了，因为他恰好可以满足她的"恋父情结"。可以想见，她的母亲一定是不愿接受女儿选择做许峰仪这样一个中年男人的外室的，然而，这时的绫卿已在强烈的"恋父情结"驱使下，完全无法按照她以前的行事原则——"她只有我这一点亲骨血，凡事我不能不顺着她一点"——顾及自己向来顺从的母亲的感受了。她和许峰仪在一起，放弃了各方面条件都相当好的龚海立，放弃了正式的婚姻、名分。为了和许峰仪在一起，她定与母亲发生过激烈的冲突，这种种般般在任何人看来也应当是真爱，许峰仪当然也是。所以，他才自信段绫卿是爱他"到很深的程度"。

如此看来，段绫卿开始确实是"人尽可夫"的，但在她的内心深处其实隐藏着浓重的"恋父情结"，一旦有可能，这种情感就如同开闸泄洪，一发而不可收。

如果说在《茉莉香片》中，张爱玲为我们展示了冯碧落、聂传庆母子两代人在无爱的婚姻和家庭中的人生悲剧，在这篇小说中她为我们展示了许小寒、段绫卿两个女孩在父爱泛滥无度和父爱缺失稀薄的家庭中产生的"恋父情结"，进而导致了她们各自的爱情和婚姻悲剧。不管有意还是无意，这篇小说探讨了女孩成长过程中的恋父情结的来源，一个家庭是父亲太过强势而母亲太过懦弱，一个家庭是父亲缺失只有母亲，这两个看似完全不同的家庭竟然养育出了完全相同的两个有着深重的"恋父情结"的女孩。

张爱玲为何会在这篇小说里写这样两个关于恋父的故事？实际上也可以从她自己的童年经历中找到答案，许小寒是4岁到17岁的张爱玲，这时母亲的离家，让她将所有的情感都寄托到父亲身上，自然就产生了恋父的情感。而段绫卿则是17岁后的张爱玲，自从和父亲彻底决裂，父亲在她心里就彻底死去了，她成了一个只有母亲的女孩，父爱的丧失，让她极度渴望得到这种爱，于是在选择伴侣的时候就特别钟情于那些比自己大许多的男性，这正与她前后两任丈夫的年龄和她相差悬殊的情形相吻合。

谢落在无爱的荒野里
——探微《花凋》

很多介绍张爱玲小说的文章将《花凋》写作《花雕》。这当然是大意所致的谬误，却恰恰反映出小说题目蕴含的某些暗示意味。众所周知，"花雕"是绍兴黄酒中的名品，关于其名称来历有3种不同说法，这3种说法都与"女儿"有关，其中一说是："花雕"原名"花凋"，纪念"花之早夭"。民间有一种古法，在女儿满月那天选酒数坛，埋于地下，到女儿出嫁时取出请宾客共饮，谓之"女儿红"。但如若女儿早夭，花已凋谢，酒便不再称作"女儿红"，而是"花凋"，因太过悲切故改称为花雕。这一说法恰与本篇小说中的故事相吻合。

这篇小说确实讲述了一个关于女儿早夭的故事：郑家的小女儿川嫦是个爱音乐、爱静、爱父母的美丽女孩，19岁中学毕业后就患了肺病，21岁夭亡离世，留给亲人"无限的依依，无限的惋惜"。果真是女儿未红花已凋。是"花雕"，亦是"花凋"。

一、花凋为何

小说开头借墓碑上新式的行述对川嫦的死因有明确的交代："二十一岁死于肺病。"然而接着就以"全然不是这回事"做出了否定。

接下来，张爱玲用近2000字的篇幅对川嫦的父亲、母亲、姐姐们进行了充分的展示。在这展示中，读者得以逐渐明白川嫦的生存境遇：她生长在一个父母、姐姐们极度自私又极度虚伪的家庭中，因为她"是姊妹中最老实的一个……她是最小的一个女儿，天生要被大的欺负，下面又有弟弟，占去了爹娘的疼爱"，因此从小便被父母漠视，被姐姐们排挤，"不免受委屈"。在这样的环境中成长起来的她，各种生存欲望被挤压到了最低限度，"终年穿着蓝布长衫，夏天浅蓝，冬天深蓝，从来不和姊姊们为了同时看中一件衣料而争吵"。在爱情方面也是如此，对男友章云藩"起初觉得他不够高，不够黑……说话也不够爽利……川嫦对于他的最初印象是纯粹消极的，'不够'这个，'不够'那个，然而几次一见面，她却为了同样的理由爱上他了"。同章云藩相处未久，川嫦生了肺病，病拖了两年多，最终，她和自己期待着的"十年的美，十年的风头，二十年的荣华富贵"一起"完了"。

傅雷说："川嫦没有和病魔奋斗，没有丝毫意志的努力。除了向世界遗憾地投射一眼之外，她连抓住世界的念头都没有。不经战斗的投降。"确实，在小说的叙事表层作家呈现的正是这样一番情形，但如果仔细推敲还是可以从那些叙事罅隙中得到与这表面完全不同的真相。川嫦是病了两年多才最终死去的，如若真的"没有丝毫意志的努力","没有和病魔奋斗"怎么可能坚持这么久？在这两年间，她不仅忍受着疾病的折磨，还时时为章云藩比自己大七八岁、"他家里父母屡次督促他及早娶亲"而焦虑，虽然他曾安慰她说"我总是等着你的"，可她的病越来越重，两年后成了骨痨，而章云藩也又有了新女友。尽管他为了博得一个有情有义的名声，依然按时免费来为川嫦诊治，可对她而言，这一次次的诊治实质上是一次次情感上的折磨，倒不如彻底一刀两断，再无任何瓜葛。她的父母并非不明白这样一个简单的道理，却为了节省医药费顺水推舟地挨延着。直到有一天他为她开了一种新药，说这种药他诊所里没有，叫她的父母派人到各大药房去买买试试。不想这需花钱去买的药竟成了"照妖镜"，戳穿了她亲爱的父亲、母亲的真面目：

郑夫人向郑先生道："先把钱交给打杂的，明儿一早叫他买去。"郑先生睁眼诧异道："现在西药是什么价钱，你是喜欢买药厂股票的，你该有数呀。明儿她死了，我们还过日子不过？"郑夫人听不得股票这句话，早把脸急白了，道："你胡说些什么？"郑先生道："你的钱你爱怎么使怎么使。我花钱可得花得高兴，苦着脸子花在医药上，够多冤！这孩子一病两年，不但你，你是爱牺牲，找着牺牲的，就连我也带累着牺牲了不少。不算对不起她了，肥鸡大鸭子吃腻了，一天两只苹果——现在是什么时世，做老子的一个姨太太都养活不起，她吃苹果！我看我们也就只能这样了。再要变着法儿兴出新花样来，你有钱你给她买去。"

郑夫人忖度着，若是自己拿钱给她买，那是证实了自己有私房钱存着。左思右想，惟有托云藩设法。当晚趁着川嫦半夜里服药的时候便将这话源源本本告诉了川嫦，又道："云藩帮了我们不少的忙，自从你得了病，哪一样不是他一手包办，现在他有了朋友，若是就此不管了，岂不叫人说闲话，倒好像他从前全是一片私心。单看在这份上，他也不能不敷衍我们一次。"

父亲是一副自私冷酷的心肠，母亲也只是因为怕暴露自己的私房钱，便不肯拿钱出来，而是想着如何能让女儿的前男友继续承担本应属于自己的责任。面对这样的局面，任川嫦的内心多么强大也难免万箭攒心，更何况章云藩的新女友余美增还对她说："郑小姐闷得很罢？以后我每天下了班来陪你谈谈，搭章医生的车一块儿来，好不好？"川嫦听出了这话里"分明是存心监督的意思。多了个余美增在旁边虎视眈眈的，还要不识相，死活纠缠着云藩，要这个，要那个，叫他为难。太丢人了。"她甚至也理解父母"不愿把钱扔在水里"，在这"内忧外患"的双重夹击中，她心力交瘁，觉得"对于整个的世界，她是个拖累"。

起初是疾病，后来是因为疾病丢了爱情，再后来是看到的这个世界上最亲近的人——父亲、母亲的绝情，这个世界对她而言就是无爱的荒野，还有什么可留恋、可为之奋斗的？在这种境遇中，她彻底丧失了活下去的理由和勇气，也再无反击的欲望，生命之花就这样任凭风吹雨打，零落成泥碾作尘，终于连香气也消散在无垠的旷野中。

二、对照与反讽

《花凋》同张爱玲的其他作品不同，它既无《金锁记》中对情欲的"惊心动魄的表现"，亦无《倾城之恋》中男女两性之间明争暗斗的角逐，它最显著的特征是遍布小说表里的强烈对照，给人以同等强烈的情感刺激。

小说起笔即是如此：

她父母小小地发了点财，将她坟上加工修葺了一下，坟前添了个白大理石的天使，垂着头，合着手，脚底下环绕着一群小天使。

这样一座"像电影里看见的美满的坟墓"，即便是悲哀也应当是"最美满的悲哀"，罗曼蒂克的、温暖的悲哀吧！然而并不。随后便是"上上下下十来双白色的石头眼睛。在石头的缝里，翻飞着白石的头发，白石的裙褶子，露出一身健壮的肉，乳白的肉冻子，冰凉的。"反复出现的"石头""白色"令人读之便觉生硬、冰冷。

接下来，小说又写道：

天使背后藏着个小小的碑，题着"爱女郑川嫦之墓"。碑阴还有托人撰制的新式的行述：

"……川嫦是一个稀有的美丽的女孩子……十九岁毕业于宏济女中，二十一岁死于肺病。……爱音乐，爱静，爱父母……无限的爱，无限的依依，无限的惋惜……回忆上的一朵花，永生的玫瑰……安息罢，在爱你的人的心底下。知道你的人没有一个不爱你的。"

就在你以为这个花季早逝的美丽女孩生前被"无限的爱"围绕，死后被"无限的惋惜"围绕时，作家却笔锋一转，告诉你：

全然不是这回事。的确，她是美丽的，她喜欢静，她是生肺病死的，她的死是大家同声惋惜的，可是……全然不是那回事。

待你读毕整个故事，会发现这断然的否定一点也不突兀，果真是"全然不是那回事"！对照强烈的反衬带来的是充满刺激性的反讽。张爱玲笔下具有反讽色彩的作品并不少，但《花凋》绝对算得上反讽色彩最强烈，也最直接的作品之一。

在小说中这样对照强烈的反衬俯拾即是。张爱玲笔下的郑家就是一个充满反讽意味的家庭：

说不上来郑家是穷还是阔。呼奴使婢的一大家子人，住了一幢洋房，床只有两只，小姐们每晚抱了铺盖到客室里打地铺。客室里稀稀朗朗几件家具也是借来的，只有一架无线电是自己置的，留声机屉子里有最新的流行唱片。他们不断地吃零食，全家坐了汽车看电影去。孩子蛀了牙齿没钱补，在学校里买不起钢笔头。佣人们因为积欠工资过多，不得不做下去。下人在厨房里开一桌饭，全巷堂的底下人都来分享，八仙桌四周的长板凳上挤满了人。厨子的远房本家上城来的时候，向来是耽搁在郑公馆里。

小姐们穿不起丝质线质的新式衬衫，布褂子又嫌累赘，索性穿一件空心的棉袍夹袍，几个月之后，脱下来塞在箱子里，第二年生了霉，另做新的。

一个家庭荒唐可笑至此，也就不难想象其家庭成员的荒唐可笑，在这样一个家里发生怎样荒唐可笑的事情也变得稀松平常了。然而，整个小说为我们讲述的却又并非是能用"荒唐可笑"去形容的故事，而是一个令人生出无限惨伤、无限悲哀的故事。

之所以如此，是因为在小说的女主人公川嫦身上表现出来的所有特质都与郑家的所有人形成了鲜明的对照。

小说的开头，张爱玲用了工细的笔法对郑先生、郑夫人进行了多角度的呈现。对于郑先生的展现，先是从相貌入手：

郑先生长得像广告画上喝乐口福抽香烟的标准上海青年绅

士，圆脸，眉目开展，嘴角向上兜兜着，穿上短裤子就变了吃婴儿药片的小男孩，加上两撇八字须就代表了即时进补的老太爷，胡子一白就可以权充圣诞老人。

随后综合运用了描写、叙述、议论的笔法活画出他是"连演四十年的一出闹剧"：

郑先生是个遗少，因为不承认民国，自从民国纪元起他就没长过岁数。虽然也知道醇酒、妇人和鸦片，心还是孩子的心。他是酒精缸里泡着的孩尸。

…………

孩子多，负担重，郑先生常弄得一屁股的债……可是郑先生究竟是个带点名士派的人，看得开，有钱的时候在外面生孩子，没钱的时候在家里生孩子。没钱的时候居多，因此家里的儿女生之不已，生下来也还是一样的疼。逢着手头活便，不能说郑先生不慷慨，要什么给买什么。在鸦片炕上躺着，孩子们一面给捶腿，一面就去掏摸他口袋里的钱；要是不叫拿，她们就捏起拳头一阵乱捶，捶得父亲又是笑，又是叫唤："嗳哟，嗳哟，打死了，这下子真打死了！"过年的时候他领着头耍钱，做庄推牌九，不把两百元换来的铜子儿输光了不让他歇手。然而玩笑归玩笑，发起脾气来他也是翻脸不认人的。

对于郑夫人则是先从语言着墨：

郑夫人自以为比他看上去还要年青，时常得意地向人说："我真怕跟他一块儿出去——人家瞧着我比他小得多，都拿我当他的姨太太！"俊俏的郑夫人领着俊俏的女儿们在喜庆集会里总是最出风头的一群。虽然不懂英文，郑夫人也会遥遥地隔着一间偌大的礼堂向那边叫喊："你们过来，兰西！露西！沙丽！宝丽！"

寥寥几笔就将这个女人自我感觉良好、爱出风头、假装时髦、矫揉造作淋漓尽致地呈现在读者眼前。

接下来张爱玲用了与表现郑先生类似的笔法，展现了郑夫人这出"冗长的单调的悲剧"：

> 她恨他不负责任；她恨他要生那么些孩子；她恨他不讲卫生，床前放着痰盂而他偏要将痰吐到拖鞋里。她总是仰着脸摇摇摆摆在屋里走过来，走过去，凄冷地嗑着瓜子——一个美丽苍白的、绝望的妇人。

难怪郑夫人灰心，她初嫁过来，家里还富裕些的时候，她也会积下一点私房，可是郑家的财政系统是最使人捉摸不定的东西，不知怎么一卷就把她那点积蓄给卷得荡然无余。郑夫人毕竟不脱妇人习性，明知是留不住的，也还要继续的积，家事虽是乱麻一般，乘乱里她也捞了点钱，这点钱就给了她无穷的烦恼，因为她丈夫是哄钱用的一等好手。

原来，在外面她将自己装扮成贵妇，在家中却是一个不折不扣的怨妇，而且还是一个致力于积攒私房钱的绝望主妇。这种"内外有别"的强烈对照，又反衬出她的虚伪。同时，在这段文字中还进一步展示了郑先生的种种恶习，郑家夫妇互相映衬，这又是葱绿配桃红的"参差对照"，将这对夫妻的丑陋嘴脸暴露无遗，可谓一石二鸟，事半功倍。

这样的父母养育的一大群儿女自然也个个都不是省油的灯：

> 小姐们……丝袜还没上脚已经被别人脱去穿了，重新发现的时候，袜子上的洞比袜子大。不停地嘀嘀咕咕，明争暗斗。在这弱肉强食的情形下，几位姑娘虽然是在锦绣丛中长大的，其实跟

捡煤核的孩子一般泼辣有为。

这都是背地里。当着人,没有比她们更为温柔知礼的女儿,勾肩搭背友爱的姊妹。她们不是不会敷衍。从小的剧烈的生活竞争把她们造成了能干人。川嫦是姊妹中最老实的一个,言语迟慢,又有点脾气。她是最小的一个女儿,天生要被大的欺负,下面又有弟弟,占去了爹娘的疼爱,因此她在家里不免受委屈……

可是在修饰方面她很少发展的余地。她姊姊们对于美容学研究有素,她们异口同声地断定:"小妹适于学生派的打扮。小妹这一路的脸,头发还是不烫好看。小妹穿衣服越素净越好。难得有人配穿蓝布褂子,小妹倒是穿蓝布长衫顶俏皮。"于是川嫦终年穿着蓝布长衫,夏天浅蓝,冬天深蓝,从来不和姊姊们为了同时看中一件衣料而争吵。姊姊们又说:"现在时行的这种红黄色的丝袜,小妹穿了,一双腿更显胖,像德国香肠。还是穿短袜子登样,或是赤脚。"又道:"小妹不能穿皮子,显老。"可是三妹不要了的那件呢大衣,领口上虽缀着一些腐旧的青种羊皮,小妹穿着倒不难看,因为大衣袖子太短了,露出两三寸手腕,穿着像个正在长高的小孩,天真可爱。

这里又是在强烈的对照中将川嫦与姐姐们截然不同的性情、处境凸显出来。张爱玲的文字素以冷峻为主,可这些文字中却分明洋溢着作家对郑家姊妹齐心协力欺凌妹妹的愤懑与嘲讽,对饱受姐姐们欺压排挤的川嫦的同情与怜惜。

这种强烈的光暗对照,还体现在对主人公川嫦的叙写中,小说的开头有一段对其的肖像描写:

川嫦从前有过极其丰美的肉体,尤其美的是那一双华泽的白肩膀。然而,出人意料之外地,身体上的脸庞却偏于瘦削;峻整的，小小的鼻峰，薄薄的红嘴唇，清炯炯的大眼睛，长睫毛，满脸的"颤抖的灵魂"，充满了深邃洋溢的热情与智慧，像《魂归离恨天》的作者爱米丽·勃朗蒂。

这个身体丰腴、面容精致玲珑的美丽女孩，在疾病的折磨下却一天天瘦下去：

她瘦得肋骨胯骨高高突了起来……她的脸像骨架子上绷着白缎子，眼睛就是缎子上落了灯花，烧成两只炎炎的大洞。

这正像《金锁记》中描写七巧寿终正寝时徐徐地将腕上的镯子"顺着骨瘦如柴的手臂往上推，一直推到腋下。她自己也不能相信她年轻的时候有过滚圆的胳膊。就连出了嫁之后几年，镯子里也只塞得进一条洋绉手帕"的一幕，令人触目惊心。可是川嫦较之七巧更令人叹惋、痛惜——她并没有伤害过谁，她的人生大幕才刚刚拉开，便要匆匆地阖上了。

小说结尾也用强烈的对照反衬出人生的荒谬与残酷，郑夫人给川嫦买了三双新鞋，"她从被窝里伸出一只脚来踏在皮鞋里试了一试，道：'这种皮看上去倒很牢，总可以穿两三年呢。'"接着笔锋陡转，写道："她死在三星期后。"这是多么具有讽刺意味的一笔，又是多么苍凉的一笔！

如果说郑先生是一出闹剧，郑夫人是一出悲剧，那么川嫦就是一出讽刺剧。她短暂的生命如同一面镜子，照出了人情的薄凉、人性的冷酷、人生的惨伤，照出了这个"腐烂而美丽的世界"的真相——"笑，全世界便与你同声笑；哭，你便独自哭"。

三、悲壮还是苍凉

张爱玲在《自己的文章》中说:"我不喜欢壮烈。我是喜欢悲壮,更喜欢苍凉。壮烈只有力,没有美,似乎缺少人性。悲壮则如大红大绿的配色,是一种强烈的对照。但它的刺激性还是大于启发性。苍凉之所以有更深长的回味,就因为它像葱绿配桃红,是一种参差的对照。"

这番自陈被反复引用来证明张爱玲的美学追求与美学风格。这篇小说却处处是如同大红大绿的强烈对照,给人以强烈的刺激感。照她的逻辑,这"强烈的对照"应当呈现出悲壮的美学特征才是。但通读小说,我们并不会有丝毫悲壮的审美感受。其实不单单是这篇小说如此,她的《金锁记》《封锁》《红玫瑰与白玫瑰》等作品中也同样都有较强烈的对照,但也同样都呈现出苍凉的美学风格。

这与前文中她的自陈相矛盾吗?其实并不。因为,对照是"强烈的"还是"参差的"并不是"苍凉"的美学风格形成的唯一决定性因素。更重要的是她对于小说题材的选择和人物的表现。她说在自己的小说中"全是些不彻底的人物。他们不是英雄,他们可是这时代的广大的负荷者……他们虽然不过是软弱的凡人,不及英雄的有力,但正是这些凡人比英雄更能代表这时代的总量"。正是基于这样的认知,让她始终执着地关切着这些"凡人"。而在题材方面她也避开了战争与革命,瞩目于这些普通"男女间的小事情"。原因是她认为:"人在恋爱的时候,是比在战争或革命的时候更素朴,也更放恣的。"正是这种"躲避崇高"的创作姿态让她的作品远离了宏大叙事,让她笔下的悲剧远离了"壮烈"与"悲壮",只剩下满纸苍凉。

另一个重要原因是,她对自己身处的时代和现实的独特理解和体认。她认为时代正处在旧的在崩坏、新的在滋长,但新时代的高潮尚未来临的变动中。"人们只是感觉日常的一切都有点儿不对,不对到恐怖的程度……于是他对于周围的现实发生了一种奇异的感觉……回忆与现实之间时时发现尴尬的不和谐,因而产生了郑重而轻微的骚动,认真而未有名目的斗争。"而现实是当下的"人们还不能挣脱时代的梦魇",这是一种想要努力抓住正在消逝的一切而不得的无可奈何,同时对于面目不清的未来又显得茫然无措的"时代病"。

第三个原因是,她对自己笔下人物乃至人类的理解、同情与悲悯。她理解他们,也原宥他们,因为她同他们一样,生活在这样一个"已经在破坏中,还有更大的破坏要来"的"仓促"时代,"什么都是模糊,瑟缩,靠不住……房子可以毁掉,钱转眼可以成废纸,人可以死,自己更是朝不保暮",她理解这些"软弱的凡人"的惶惑与苟且偷生;她理解他们想"急于攀住一点踏实的东西"的心情。"因为懂得,所以慈悲。"因为慈悲,她并不过分苛责,甚至能原谅他们的"软弱""不彻底""苍白、渺小……自私与空虚……恬不知耻的愚蠢"。

正是因着这种悲悯,她对在自己所处时代和这时代中一出出悲剧不断地发出一声又一声"苍凉"的叹息,故无论是"葱绿配桃红"还是"大红大绿",无论是"参差对照"还是"强烈对照",总是说不尽的"苍凉"。

中、西文化的对决与西方现代文明的"倾覆"
——详析《倾城之恋》

《倾城之恋》无疑是张爱玲最受欢迎的作品之一,却也是争议较大的一部作品。问世之初,傅雷对它的评价就不高,说它"没有悲剧的严肃、崇高和宿命性;光暗的对照也不强烈。因为是传奇,情欲没有惊心动魄的表现。几乎占到二分之一篇幅的调情,尽是些玩世不恭的享乐主义者的精神游戏;尽管那么机巧,文雅,风趣,终究是精练到近乎病态的社会的产物。好似六朝的骈体,虽然珠光宝气,内里却空空洞洞,既没有真正的欢畅,也没有刻骨的悲哀"。后来,随着被搬上话剧舞台和电影屏幕,它被不断地改写、误读,甚至庸俗化。在许多人看来,这部小说只是讲了男女主人公白流苏与范柳原从爱情到婚姻的一段情路历程,故事以喜剧大团圆的形式画上句号,显得与张爱玲大多数小说有所不同,仅此而已。

事实果真如此吗?不然。

一、白流苏

小说的女主人公白流苏是一个封建破落户的女儿，不仅如此，这个女人还离了婚，无奈之下寄居娘家四五年，被兄嫂榨干了钱财，排挤奚落得无法继续在娘家立足，看似一大家子的亲人，实则孤苦无依，几乎走投无路。为了谋生，她开始顾盼，寻找出路，然而，她不过是个肩不能扛、手不能做的弱女子，她没有自谋生路的能力，于是，为了谋生，她再度踏上谋爱的路途。

一个偶然的机缘，她结识了本是介绍给同父异母的妹妹宝络的对象——范柳原。原本，不仅别人，连她自己都没有想过，范柳原会和她扯上什么关系。否则，她的那些亲人们绝不会给她这样的机会。然而，天赐良机，那个浪荡公子哥范柳原仿佛对她格外感兴趣，在跳舞场，和她跳了一曲又一曲。即便如此，她也未曾断定他能够成为她的目标，因为在别人眼里、口中，他都是一个把女人当作脚底下的泥，嫖赌吃喝样样都来，独无意于家庭幸福的男人。所以，当徐太太邀请她一同去香港时，她也只是心里嘀咕，会不会是范柳原的安排？果然，让她猜中了。到了香港，范柳原已经等在那里了。

于是，白流苏与范柳原顺理成章地开始了他们的恋爱角逐。说是角逐，一点都不为过。至少对于流苏而言是如此。范柳原虽然花心，但其他的条件无一不令流苏中意——有地产、有钱、有华侨的身份，又没结过婚（结过婚也没关系）、年龄相当。如果能成功地让范柳原娶她，她的后半生就牢牢靠靠的了。为了达到这一目标，白流苏使出浑身解数，可谓机关算尽。在和范柳原相处的过程中，无时无刻不警醒着，盘算着如何能让这个"浪子"

乖乖地收了心，成为她的丈夫。

对范柳原，她软硬兼施，开始是算计，到最后几乎是逼迫。在流苏到达香港的那晚，月色之下，当范柳原对她倾吐真心的时候，流苏想的是他日间曾对她讲，她最吸引他的动作是低头，此时月色如水，她自己的月光中的脸，那娇脆的轮廓，眉与眼，应该美得不近情理，美得渺茫吧，应该会对范柳原很有杀伤力吧，于是，她缓缓垂下头去。很显然，她希望范柳原能跳到她暗暗设下的陷阱里来，她的勾引能让范柳原做出些什么举动，然后，一举擒获。可惜，范柳原并不肯轻易就范。

第二次，是一个月后的深夜，流苏正为她的计划停滞不前而辗转反侧，难以入眠，范柳原打来了电话，先是没头没脑的一句"我爱你"就挂了电话，一会又打来电话问流苏："我忘了问你一声，你爱我么？"在得到流苏肯定的答复后却断言"流苏，你不爱我"，之后就是一番让流苏摸不着头脑的话，到最后，他说到了人的渺小，很多事情是身不由己。这番话，流苏以为是范柳原为不和自己结婚找的借口，于是震怒，质问道："你干脆说不结婚，不就完了，还得绕着大弯子，什么做不了主？连我这样守旧的人家，也还说'初嫁从亲，再嫁从身'哩！你这样无拘无束的人，你自己不能做主，谁替你做主？"当范柳原反唇相讥"你不爱我，你有什么办法，你做得了主么？"时，流苏以一个女人的机敏回敬："你若真爱我的话，你还顾得了这些？"这是彻头彻尾的女人的逻辑——只要你真的爱我，你就应当什么都不在乎，如果你在意，那就是不爱。其实她并不在意范柳原是不是真的爱她，她说这番话无非是希望用激将的方法使范柳原就范——娶她。可是最终换来的是自己无论如何也没想到，当然也受不了的羞辱——"根本你以为婚姻就是长期的卖淫"。这一次的交锋又以失败告终。

第三次，白流苏使出了她的"杀手锏"，也是最后一计，她向范柳原宣布自己要回上海。当然，回上海是假，逼范柳原娶她，至少给她一个娶她的承诺才是她此举真正的用意。可范柳原仍然不为所动。看来，范柳原是真的不爱她。

落败的白流苏灰头土脸地回到上海，受尽白眼与奚落。本以为前路黯淡，没想到半年后又接到范柳原的电报，请她去香港。这是个两难的选择。电报里并没有给她什么承诺，如果去，很明显，就等于接受成为范柳原情妇的事实；如果不去，上海这个家是待不得了，自己又别无去处。万般无奈之下，她只能再赴香港。这一次，她对于范柳原娶她已不抱任何希望，因此，她不再矜持（事实上是不再将自己的身体当作与范柳原抗衡的筹码），到港当晚，两人便同居一处。之后二人共度一周的时光，范柳原就出发前往英国，将白流苏独自留在香港。原本，故事到这里就该结束了，战争的爆发打乱了正常的生活秩序，也改变了流苏的命运。战争阻断了范柳原的行程，在战火纷飞中，白流苏与范柳原相依为命，终于达成了一刹那的谅解，有了这一刹那，他们可以在一起和谐地活个十年八年，于是，流苏终于达到了她梦寐以求的目标——与范柳原结婚，成为名正言顺的范太太。

这一场爱情与婚姻的争夺战，流苏终于反败为胜。

流苏这个弱女子，到底是赢了，赢得了她觊觎已久的婚姻。到这里，我们也看清了这个女子，在这场角逐中，她目标明确——要成为范太太，为了实现这一目标，她全力以赴，一心一意，甚至不去顾及他是否真的爱她要嫁的那个男人。当然，我们可以说，生存的迫切性逼得她无法去顾及自己的感情。

我们在感慨亲人们冷漠无情地对一个弱女子的逼迫的同时，也应该看到，白流苏，这个老中国的女儿，对于婚姻的理解仍然只是停留在"嫁汉嫁汉，穿衣吃饭"的层面，用张爱玲的话来讲，她仍然是一个以嫁人作为自己谋生手段的"女结婚员"。

白流苏的典型意义在于，她真实地反映了中国传统的婚姻观念，无论是"初嫁从亲"还是"再嫁从身"，其实从的是外在的物质条件，几乎不涉及彼此是否相爱这在现代人的观念里最重要的条件。

二、范柳原

小说的男主人公出场前，张爱玲借徐太太之口对其身世、为人等做了介绍："那范柳原的父亲是一个著名的华侨，有不少的产业分布在锡兰马来西亚等处。范柳原今年三十二岁，父母双亡。……从英国回来的时候，无数的太太们急赤白脸的把女儿送上门来，硬要掴给他，勾心斗角，各显神通，大大热闹过一番。这一捧却把他捧坏了，从此他把女人看成他脚底下的泥。……他年纪青的时候受了些刺激，渐渐的就往放浪的一条路上走，嫖赌吃着，样样都来，独独无意于家庭幸福。"这就是一般人眼中的范柳原，用一个词来概括就是——浪子。

这样一个人，对于爱情和婚姻也一定是吊儿郎当的。果然，在和宝络相亲的过程中，他居然和流苏打得火热，而在和流苏相处的过程中，也显得忽热忽冷，朝三暮四。而且，看起来他只愿意和流苏谈恋爱，不打算结婚的。套用今天的一句流行语"一切不以结婚为目的的谈恋爱都是耍流氓",似乎范柳原够得上"流氓"的称谓了。

傅雷评论他"是一片空虚的心,不想真正找着落的心,把恋爱看作高尔夫与威士忌中间的调剂",确实,很多时候,看起来是这样的。但是这个男人的言行举止在很多时候又显得格外奇怪。比如,他当众放肆,而在和流苏独处时却斯斯文文,一副君子模样,相当稳重;又比如,他几次向流苏示爱,却坚决不肯做出承诺。这些反常之举让流苏迷惑不已,明明感受到"范柳原是讲究精神恋爱的",却和她所了解的"精神恋爱的结果永远是结婚,而肉体之爱往往就停顿在某一阶段,很少结婚的希望"的经验相反,迟迟不肯与她结婚。但最后,又轻而易举地如了流苏的愿,似乎毫无征兆地向流苏求婚,张罗结婚事宜。

张爱玲在《写〈倾城之恋〉的老实话》中说流苏"始终没有彻底懂得柳原的为人",如果我们不能理解柳原的这个转变,也就不能"彻底懂得柳原"。

首先,要搞清楚的是,范柳原对白流苏的爱是真是假?按照徐太太的说法,范柳原身边是不缺乏女人的,他真的会爱上韶华已逝,又离过婚、百无一用的白流苏吗?他的解释是因为流苏是一个"真正的中国女人",而"真正的中国女人是世界上最美的,永远不会过了时"的。这种解释看似奇怪,为什么一个从小生活在异域、接受西方现代教育、几乎完全西化的男人会对"中国女人"如此钟情?这和他的身世、成长经历息息相关。他的父亲是著名华侨,母亲是交际花,父母的结合是非正式的,他虽生在英国,长在英国,可是这一副中国面孔将他与英国人隔离开来,他虽然接受了英式的教育,具有现代思想,却无法真正融入英国人中，无法找到一种文化上的认同感。这种隔膜让他非常孤独。因此，中国，一直是他内心深处的精神家园，在浅水湾的那堵灰墙下，他第一次向流苏表明心迹的时候，有过这样一番剖白："关于我的家乡，我做了好些梦。"回国，在他而言，是一次精神上、文化上的寻根之旅，可是当他回到国内，却发现不仅不被族人接纳，他周围的人也因为他的英国背景而视他为异己，那些"坏人、坏事"彻底击碎了他曾经的美梦，"你可以想象到我是多么的失望。我受不了这个打击，不由自主的就往下溜。你……你如果认识从前的我，也许你会原谅现在的我"。我们没有见到从前的柳原，但从这番话中可以推测，从前他必不是现在这样玩世不恭、放荡不羁。可见，外表的放浪，只是为了掩饰内心的孤独、空虚和落寞，其实，在内心深处，他仍然是一个渴望得到文化上的认同和精神上的慰藉的孤独者。找一个"中国女人"正是他实现自己的人生理想的重要内容。而流苏刚好是他心里那种"真正的中国女人"。因此，第一次见到她的时候，尽管是在和宝络相亲的现场，他一眼认定她之后，就不避其嫌地和她一曲又一曲地跳舞，引得白家同来陪宝络相亲的三奶奶、四奶奶愤恨不已，也因此让流苏得罪了宝络及全家上下。也许，有人会说，如果范柳原真的爱她，就应该替她着想，本来，流苏生活在那个家中就够难的了，他不应该惹得众怒，让流苏更加被动。对于这一点，范柳原也有自己的解释："我知道你是不快乐的。"或许他是希望能让流苏快乐一点才那么不管不顾吧！事实上，流苏确实通过此举达到了小小的"复仇"——"无论如何，她给了她们一点颜色看看。她们以为她这一辈子已经完了么？早哩！"她让她们"对她刮目相看，肃然起敬"。

假如范柳原不是真的爱流苏，他犯不着让徐太太邀流苏到香港来和他谈恋爱。这正是为流苏着想，他知道，这一场恋爱如果在上海展开，流苏势必会成为白家的众矢之的，被所有人口诛笔伐。所以，干脆离他们远远的，让他们鞭长莫及。当然，还有另一个原因就是，他希望到了香港，离开了家人，流苏能"自然一点"。所谓"自然"就是能够放松精神，将最本真的自我展现出来。

如果他不那么爱流苏，他也不会在流苏到港的当晚，在浅水湾的那堵灰墙下有那一番近乎执拗的恳求："我自己也不懂得我自己——可是我要你懂得我！我要你懂得我！"假若一个男人不是十分爱他面前这个女人，他一定不会在意，她是不是懂他，更不会要她懂他。

假如他不爱她，他不会带着她去吃上海菜，为的只是怕她吃不惯香港菜。假如他不爱她，他不会对她说："跟你在一起，我就喜欢做各种的傻事。甚至于乘着电车兜圈子，看一场看过了两次的电影……"假如他不爱她，他不会想带着她去马来亚原始人的森林里，只为她能以真面目示他。假如他不爱她，他甚至不会突然把她晾在一边，整日价的和萨黑荑妮厮混。假如他不爱她，他更不会在意她是否会吃醋。假如他不爱她，他不会同她一样深夜辗转无法入眠，更不会在意她是否爱他。如果他不爱她，他不会在流苏回沪将近半年后又打来电报请她再度来港。如果他不爱她，他不会在炮火中冒着生命危险来救流苏。更重要的是，如果他不爱她，他绝不会和她结婚。

那么，既然他爱她，又为何摆出一副坚决不打算结婚的架势？在他们中间仿佛有一根绳索，他和流苏各执一端，互不相让，最终就在流苏无奈认输之际，他却在战火中向流苏求婚。在战争中到底发生了什么，让柳原改变了初衷？小说中写了一个非常重要的细节，一晚，外面寒风怒号，流苏无法入眠，她起身：

拥被坐着，听着那悲凉的风。她确实知道浅水湾附近，灰砖砌的那一面墙，一定还屹然站在那里。风停了下来，像三条灰色的龙，蟠在墙头，月光中闪着银鳞。她仿佛做梦似的，又来到墙根下，迎面来了柳原，她终于遇见了柳原。……在这动荡的世界里，钱财、地产、天长地久的一切，全不可靠了。靠得住的只有她腔子里的这口气，还有睡在她身边的这个人。她突然爬到柳原身边，隔着他的棉被，拥抱着他。他从被窝里伸出手来握住她的手。

当身外的一切在这动荡的世界里都变得不可靠了，流苏突然意识到了她身畔的这个男人的重要性，这是她第一次关注这个"人"，而不是他的钱财、地产和他所拥有的一切物质条件。所以，张爱玲说"她终于遇见了柳原"，这是她和他第一次灵魂的相遇，心灵的契合，于是，她爬到他身边，"隔着他的棉被，拥抱着他"，虽然在此之前，他们可能已经有无数次拥抱，但这一个拥抱才是柳原期待已久的、饱含深情的拥抱，也因此，"他们把彼此看得透明透亮。仅仅是一刹那的彻底的谅解，然而这一刹那够他们在一起和谐地活个十年八年。"

到这里，我们也许会回想起，柳原曾向流苏说的那番话："有一天，我们的文明整个的毁掉了，什么都完了——烧完了、炸完了、坍完了，也许还剩下这堵墙。流苏，如果我们那时候在这墙根底下遇见了……流苏，也许你会对我有一点真心，也许我会对你有一点真心。"这番话言外之意是说，因为我们的文明毫发无伤，因为我有钱财、地产和身外的一切，所以，流苏，你对我没有真心，既然如此，我对你也不敢动真心。我们明白了这番话的深意也就明白了柳原的为人，他不是堕落鬼、浪荡子，而是张爱玲笔下的男性形象中少见的"真人"。他和流苏恋爱就是希望能够走向婚姻，可从一开始，他就洞察，流苏选择同他谈恋爱，并不是因为爱他，而是爱他所拥有的物质条件，所以，他才始终不肯说出结婚二字，因为在他看来，婚姻是要以彼此相爱为基础的，假使他所深爱的女人并不爱他，那么无论自己多爱对方，也不应该步入婚姻，这就是那个深夜在电话里他说出冒犯流苏的"根本你以为婚姻就是长期的卖淫"那番话的真正原因。其实，他本无意冒犯流苏，只是在陈述自己对婚姻的理解——如果你只是为了钱嫁给我，那和卖淫有什么区别？所以，他们就这么一直僵持着，几次拉锯进退之后，流苏对柳原娶她已不抱任何希望，而柳原对流苏爱上他也不抱任何希望，两人最终达成的默契就是保持情人的关系。谁知战争爆发了，在战火纷飞中，流苏第一次发现了柳原，第一次发现了自己，也第一次让柳原感受到了她的真心，就是那个深夜那个毫无征兆的拥抱。也就是那一刹那，他下定决心同她步入婚姻。这正是柳原的"自私"之处——固守自己的爱情信念岿然不动。而流苏的"自私"却是全然不顾柳原的情感直奔婚姻杀将过去。可见，同是"自私"，境界却大不相同。是兵荒马乱成全了柳原，却也毁掉了他——最终，他们还是沦为一对"平凡夫妻"。

三、上海与香港

上海与香港是张爱玲小说中出现最频繁的两座城市。这两座城市在她的大多数小说中并无太大差异，都是传统与现代并存，中西杂糅的。在《倾城之恋》中，这两座城市虽然都只是浮光掠影的背景，忽明忽暗、若隐若现，但即便如此二者还是显现出了很大的差异。

小说中开篇便是上海。

上海为了"节省天光"，将所有的时钟都拨快了一小时，然而白公馆里说："我们用的是老钟。"他们的十点钟是人家的十一点。他们唱歌唱走了板，跟不上生命的胡琴。

作者并没有大肆描写上海现代的一面，而是将笔力集中在白公馆这个封建大家庭，向我们展现了这座城市中传统的一面。

白公馆这座没落腐朽的古典豪门，三代同堂，也算儿孙满堂，然而所有的辉煌已经成为过往，家道败落：

堂屋里暗着，门的上端的玻璃格子里透进两方黄色的灯光，落在青砖地上。朦胧中可以看见堂屋里顺着墙高高下下堆着一排书箱，紫檀匣子，刻着绿泥款识。正中天然几上，玻璃罩子里，搁着珐琅自鸣钟，机栝早坏了，停了多年。两旁垂着朱红对联，闪着金色寿字团花，一朵花托住一个墨汁淋漓的大字。在微光里，一个个的字都像浮在半空中，离着纸老远。流苏觉得自己就是对联上的一个字，虚飘飘的，不落实地。白公馆有这么一点像神仙的洞府：这里悠悠忽忽过了一天，世上已经过了一千年。可是这里过了一千年，也同一天差不多，因为每天都是一样的单调与无聊。流苏交叉着胳膊，抱住她自己的颈项。七八年一霎眼就过去了。你年青么？不要紧，过两年就老了，这里，青春是不希罕的。他们有的是青春——孩子一个个的被生出来，新的明亮的眼睛，新的红嫩的嘴，新的智慧。一年又一年的磨下来，眼睛钝了，人钝了，下一代又生出来了。这一代便被吸收到朱红洒金的辉煌的背景里去，一点一点的淡金便是从前的人的怯怯的眼睛。

这就是白公馆，白流苏生于斯、长于斯的"神仙洞府"。在这个家中，所有成员都无所事事，将所有的心思都用在互相计较、算计上。母亲与子女、兄弟姐妹之间鲜有亲情，都自私地打着各自的小算盘。流苏就是在这样一个旧式家庭的颓败生活中被埋葬起来，没有人同情她，亲情给予她的不是一个可以躲避孤单与烦恼的港湾，而是排挤、挖苦、讽刺，这一切让她感到恐怖，她感觉自己成了一个与这个家庭没有太大关系的陌生人。这旧式家庭颓废的气息让流苏陷入一种绝望的惊惧和凄凉，但她却也只能用灰暗而轻飘的声音去发泄她的不满："这屋子里可住不得了！……住不得了！"正是在这种情形之下，流苏被迫开始了她的出逃计划。

张爱玲借白公馆揭示了中国传统文化中衰颓腐朽、冷酷无情的一面。

而香港就截然不同了。小说中香港是一座西化、洋化色彩浓郁的现代都市。当这座城市徐徐展现在流苏面前时，给她更多的不是惊喜，而是视觉上的冲击与内心的忐忑，"码头上围列着的巨型广告牌，红的、橘红的、粉红的，倒映在绿油油的海水里，一条条，一抹抹刺激性的犯冲的色素，窜上落下，在水底下厮杀得异常热闹。"这对于常年隐居在白公馆这样暗无天日的"神仙洞府"中的流苏而言，当然是正常的反应。可另一方面，也烘托出范柳原和白流苏生活环境的迥异。我们不应该忘记，范柳原的出生地和成长地是英国，而当时的香港正是英国的殖民地，因此香港这座城市，在这部小说中其实是英国的镜像。

　　这篇小说中，上海与香港两座城市，其实是中国传统文化与西方现代文明的象征。到这里，我们会发现，这部小说具有了文化隐喻的意义。小说的男女主人公白流苏与范柳原的矛盾与冲突，其实不仅仅是个人的，更是两种不同文化的激烈碰撞。当然，小说中是将这两种文化具象化为两种不同的婚恋观：中国传统的婚恋观——嫁汉嫁汉，穿衣吃饭。婚姻是女人谋生的手段，所以女人要找的是后半生的衣食依靠，而不是爱情。在中国人的传统观念中鲜有"爱情"的意识。西方现代婚恋观——婚姻要以爱情为基础，而且必须是彼此相爱。没有爱情的婚姻是不道德的。

　　而这样看来，这个有关婚恋的故事就具有了更深刻的文化象征意蕴。张爱玲以一个言情故事的外衣，包裹着的是探讨中、西方文化的差异和冲突的内核。这就是张爱玲式的"深入"与"浅出"。

　　在小说中，香港的沦陷也象征着西方现代文明的沦陷，而范柳原和白流苏二人婚后回到上海又有何寓意呢？

四、喜剧还是悲剧

　　最后要探讨的是这个故事的结局。小说中的结局写得很清楚，白流苏和范柳原结了婚，二人从香港回到上海。这个结局很有点像童话故事里常有的"从此他们幸福地生活在一起"。可是，这不大像张爱玲的风格。张爱玲的笔下很少有圆满的结局。这篇小说是个例外吗？这就需要我们仔细品读，反复推敲小说的结尾。

……不久，港沪之间恢复了交通，他们便回上海来了。

……柳原现在从来不跟她闹着玩了，他把他的俏皮话省下来说给旁的女人听。那是值得庆幸的好现象，表示他完全把她当作自家人看待——名正言顺的妻，然而流苏还是有点怅惘。

香港的陷落成全了她。但是在这不可理喻的世界里，谁知道什么是因，什么是果？谁知道呢？也许就因为要成全她，一个大都市倾覆了。成千上万的人死去，成千上万的人痛苦着，跟着是惊天动地的大改革……流苏并不觉得她在历史上的地位有什么微妙之点。她只是笑吟吟的站起身来，将蚊香盘踢到桌子底下去。

传奇里的倾国倾城的人大抵如此。

到处都是传奇，可不见得有这么圆满的收场。胡琴咿咿哑哑拉着，在万盏灯的夜晚，拉过来又拉过去，说不尽的苍凉的故事——不问也罢！

字里行间，隐隐透出几分苍凉。这苍凉缘何而来呢？除了城市的陷落，成千上万人死去，成千上万的人痛苦着，还有就是"柳原现在从来不跟她闹着玩了，他把他的俏皮话省下来说给旁的女人听"。虽然这让流苏安心地认为"那是值得庆幸的好现象，表示他完全把她当作自家人看待——名正言顺的妻"，然而她"还是有点怅惘"。也许，流苏自己都未曾意识到她怅惘的是什么。可作为旁观者的我们，应该能看清楚，那是因为他们真的成了"一对平凡的夫妻"。所谓的"平凡"是指，他们和所有中国式的夫妻一样，看起来举案齐眉，相敬如宾，可是，缺少的是发自内心的爱情。也就是说，流苏对柳原的爱，只是在战争的极端情势下才得以彰显，而当战争过去，生活恢复往日的平静，流苏也就回复到以往的状态之中了，让她的心得到满足的，不是柳原这个人，更不是这个人对她的爱，而是，这个人有钱、有丰厚的物质条件，可以让她衣食无忧。流苏是因为本来就没有对柳原动过多少真情（她对柳原的真情仅仅是战争中的一个拥抱），因此，她损失的仅仅是柳原"不跟她闹着玩"和"把俏皮话省下来说给旁的女人听"，对她而言，"得"是偿"失"的；但对于柳原而言，就截然不同了，我们可以想象，这对他是多大的打击，他坚持了多少年要找一个他爱着、也爱着他的中国女人结婚的美满婚姻梦最终还是化为泡影，他得到了一个妻子，失去了一个爱人，真是"得"不偿"失"。他又回到了遇见流苏前的老样子，和别的女人眉来眼去、打情骂俏，可是没人了解那是他为了掩饰自己的绝望和痛苦而戴上的一副假面。

　　到这里，我们会发现，褪去言情的面纱，这个故事与鲁迅很多小说中的"启蒙者—庸众"，即启蒙者试图启蒙、唤醒庸众，却终被庸众所同化、"吃掉"的叙事模式如出一辙，在这篇小说中，范柳原无疑扮演了启蒙者的角色，如同鲁迅笔下的"狂人"、吕纬甫、魏连殳，他接受了现代思想的洗礼，对于自己的祖国、自己的生活，有异乎常人的理想和追求，也由于异乎常人，被视为异己，甚至疯子，被排挤、打击，直至被"吃掉"——彻底屈服。对于范柳原而言，在遇到流苏前，他已经像吕纬甫、魏连殳一样对未来丧失了希望，于是也像他们一样颓唐、狷狂，可流苏的出现让他再次燃起了希望，他认为流苏是他一直在寻找的"中国女人",他发现她同自己一样被视作异己,被排挤,不快乐,所以在爱之外又多了一份怜惜和感同身受。当然,他也看到了她只是为了他的钱,但他还是想努力改变她,因为救赎她也是救赎自己。他帮她跳出上海的那个牢笼,来到香港,他一次又一次地努力,试图唤醒她的爱,但对于这样一个毫无爱的意识的女子,这不啻对牛弹琴,他一次又一次地失败,最终在他不抱希望之际却又意外地看到她对他如灵光乍现般的爱的火花,终于,他们达成了谅解,"这一刹那够他们在一起和谐地活个十年八年",看起来各如所愿,他得到了爱情,她得到了婚姻。婚后,"他们便回上海来了",这并非闲笔,别忘了,在这篇小说中,上海象征的是中国的传统文化的堡垒。小说中故事的地点经历了上海—香港—上海—香港—上海一系列的变化,几番厮杀,最终还是柳原败下阵来,和流苏回到上海,回归传统,彻底被同化,被"吃掉"。正如鲁迅在《在酒楼上》中的主人公吕纬甫所言"绕了一个圈子,又回来停在原地点"。

这看似两个人的战争背后,其实是两种不同婚恋观的战争,流苏所代表的中国传统的婚恋观战胜柳原所代表的西方现代婚恋观。这后面还隐藏着一个更大的文化隐喻——西方现代文明败给了中国传统文化,被同化,被"吃掉",一如鲁迅得出的结论!要知道,这距鲁迅所展现的那个时代已经过去将近二十年,在张爱玲的笔下,中国、中国人并没有进步,一如二十年前,这才是最大的悲剧!这恐怕也是作为张爱玲知己的胡兰成当年评价她"鲁迅之后有她。她是个伟大的寻求者"的一个重要原因。

故而,《倾城之恋》真的不仅仅是一个言情的故事;当然更不是喜剧,说它不够深刻,空空洞洞、徒有其表,也是因为只看到了文字的表面，被张爱玲所讲的故事表象所蒙蔽，没有细致深入的挖掘和品味。论主题的深刻，这篇小说不亚于被傅雷及所有评论家高度评价的《金锁记》，而它胜出《金锁记》的，是它的含而不露，耐人寻味。

女性爱情神话的终结　个人婚姻悲剧的预言
——细研《红玫瑰与白玫瑰》

与《金锁记》和《倾城之恋》相比，关于《红玫瑰与白玫瑰》的阅读与研究要相对"冷"一些。在这部小说中，张爱玲借男主人公佟振保与红玫瑰王娇蕊、白玫瑰孟烟鹂的婚恋情事一方面延续了她对于在男权社会中女性生存境遇的思索，宣告了女性爱情神话的终结；另一方面也委婉地透露出她对于自己未来婚姻悲剧的预言。从这个角度看，它算得上张爱玲最特殊的一部小说。

一、"红玫瑰"王娇蕊

王娇蕊出生于华侨家庭，被家人送到英国读书，为的是能够嫁一个"好"丈夫，可她由于年纪尚小，一心只顾着贪玩，渐渐地名声不太好了，才手忙脚乱地与富家子弟王士洪结婚。婚后回到中国，她仿佛还是旧习未改，常常与男人暧昧。正因如此，王士洪才在离家赴新加坡之前坚决地赶走了房客孙先生。孙先生走了，振保住进了王家，娇蕊又很快与振保谈起恋爱。这场恋爱对她可谓轰轰烈烈，她为了他和丈夫摊牌，他却退缩了，最终虽然他们分了手，但她还是和王士洪离了婚。几年后，她又嫁了人，虽然仍打扮着，却显得憔悴俗艳——当年那朵灼灼耀眼的"红玫瑰"已经萎谢。

对于王娇蕊的结局，也许有人叹惋，叹惋的是在与振保的这场爱情中她全身心地投入，却换来了这样的悲惨结局；也许有人快意，快意的是这样的滥情的女人，得到这样一个结局是自作自受，活该。到底如何评价王娇蕊？这是理解这部小说非常关键，也非常重要的一个问题。

王娇蕊是华侨家庭出身，与出身富裕的王士洪结婚后回到中国，用她丈夫的话来讲："别看她叽哩喳啦的——什么事都不懂，到中国来了三年了，还是过不惯，话都说不上来。"

由于长期生活在西式的环境中，她与一般中国女子大不相同。她的出场就别具一格。佟振保搬到王家的当日，见到了王娇蕊：

内室走出一个女人来，正在洗头发，堆着一头的肥皂沫子，高高砌出云石塑像似的雪白的波鬈……她那肥皂塑就的白头发下的脸是金棕色的，皮肉紧致，绷得油光水滑，把眼睛像伶人似的吊了起来。一件条纹布浴衣，不曾系带，松松合在身上，从那淡墨条子上可以约略猜出身体的轮廓，一条一条，一寸寸都是活的。

这是一个生得健康丰满、凹凸有致、充满青春活力与女性魅力的少妇。洗着头发，顶着一头肥皂沫子，穿着睡衣就出来与陌生异性相见，尽管这个异性是丈夫的朋友，在中国人看来也是不合乎礼仪、太过随意了一些。但从这个细节我们也可以看得出，由于她接受了西式的教育，并没有受到中国传统的礼仪规矩的束缚。此外，她的性格应该是开朗外向，甚至有些大大咧咧不拘小节的。这一点在后文晚餐的细节中得到进一步彰显：

> 振保兄弟和她是初次见面，她做主人的并不曾换件衣服上桌子吃饭，依然穿着方才那件浴衣，头上头发没有干透，胡乱缠了一条白毛巾，毛巾底下间或滴下水来，亮晶晶缀在眉心。她这不拘束的程度，非但一向在乡间的笃保深以为异，便是振保也觉稀罕。

吃饭过程中，她对振保问长问短，十分周到，虽然看得出来她是个不善于治家的人，应酬工夫是很好的。从她与丈夫席间的对话看，这个家庭是一个新式家庭，夫妻间的地位是平等的。看起来，他们的感情也比较和谐，丈夫虽然有时调侃揶揄，但对她也嘘寒问暖，算得上疼爱有加，甚至是宠溺了。否则，做丈夫的不会允许妻子这副模样出来见客人。

拥有这样的家庭，这样的丈夫，谁都会认为这个王娇蕊应该是幸福的了。可是，振保一搬去就听到王家的仆人透露仿佛这个女人不太安分，与前任房客孙先生有些暧昧，在丈夫离家之后，她又和振保打得火热，甚至为了振保，她向丈夫摊牌，最终协议离婚。这么看，这个女人似乎确实有些风流成性、水性杨花之嫌。这么看，这个女人似乎确实如一些论者所言："就像一具有着妖娆艳丽的外表的腐尸，过着最消极最堕落最荒淫的生活。"

可事实果真如此吗？小说中振保同她聊天中让她讲讲自己，于是，她有一番简要的自白：

> 她偏着头，把下颌在肩膀上挨来挨去，好一会，低低地道：

"我的一生，三言两语就可以说完了。"半晌，振保催道："那么，你说呀。"娇蕊却又不做声，定睛思索着。振保道："你跟士洪是怎样认识的？"娇蕊道："也很平常。学生会在伦敦开会，我是代表，他也是代表。"振保道："你是在伦敦大学？"娇蕊道："我家里送我到英国读书，无非是为了嫁人，好挑个好的。去的时候年纪小着呢，根本也不想结婚，不过借着找人的名义在外面玩。玩了几年，名声渐渐不大好了，这才手忙脚乱地抓了个士洪。"振保踢了她椅子一下："你还没玩够？"娇蕊道："并不是够不够的问题。一个人，学会了一样本事，总舍不得放着不用。"振保笑道："别忘了你是在中国。"娇蕊将残茶一饮而尽，立起身来，把嘴里的茶叶吐到栏杆外面去，笑道："中国也有中国的自由，可以随意的往街上吐东西。"

仔细品味这段对话，我们会发现，当说到自己的时候，王娇蕊一反往日爽朗的个性，显得支支吾吾，欲言又止。从她的话语之中，可以看出，她对自己与丈夫的相识和结婚的过程不仅没有津津乐道，而且流露出了一种无奈和感伤的情绪，甚至从她的话里听得出，她与丈夫的结合也不是出于爱情，只是由于自己"玩了几年，名声渐渐不大好了，这才手忙脚乱地抓了个士洪"。随后，振保问她："难道你还没玩够？"她答道："并不是够不够的问题。一个人，学会了一样本事，总舍不得放着不用。"话里的意思是我现在还是和从前一样要继续玩下去。这个回答够坦率的。其实这番话是半真半假，"真"是指面对振保，娇蕊毫无保留地将自己结婚前后的情感、心理展露无遗；"假"是指她说"舍不得放着不用"自己的"本事"其实是一种自我嘲讽，正如《倾城之恋》中范柳原对白流苏说的"我有钱，有时间，还用找别的理由？"而她所言的"玩"也只是在无爱的婚姻中排遣内心空虚寂寞的方法。由于找不到真爱，她便以放荡的外表掩饰自己内心的痛苦。如此，也就能够理解与振保初次见面时她为何表现得那样失礼了。

或许她对他起初和那些曾经出现在她身边的其他男人并无不同，只是想"玩"一下。因此，两人几次单独相处，彼此言语间几番真真假假、虚虚实实的试探。比如，她对他说："我的心是一所公寓。"他说："那，可有空的房间招租呢？……我住不惯公寓，要住单幢的。"她有点挑衅似的对他说："看你有本事拆了重盖！"这些话，没有一句不是话里有话，句句都是试探与挑逗。可是也仅此而已，因为振保并不打算真的和这个女人有什么瓜葛。

也许，娇蕊自己也未曾料到她竟然会稀里糊涂地爱上这个男人。可这样的感情确确实实地发生了。一天，振保无意间发现在他外出之后，她将他的大衣挂在面前，"痴心地坐在他大衣之旁，让衣服上的香烟味来笼罩着她，还不够，索性点起他吸剩的香烟……"他将这一举动归结为她的孩子气，"被惯坏了，一向要什么有什么，因此遇见了一个略具抵抗力的，便觉得他是值得思念的"。可如果一个女人对一个男人不是深爱着的话，会有如此孩子气的行为吗？

娇蕊并不是一个心细如发的女子，她自称记性差，却记得他聊天时无意提及喜欢喝清茶的话。小说中还写到一个细节，振保早起，"梳头发的时候他在头发里发现一弯剪下来的指甲，小红月牙，因为她养着长指甲，把他划伤了，昨天他朦胧睡去的时候看见她坐在床头剪指甲"。如果她不是深爱他的话，也不会在他已朦胧睡去之后剪掉自己精心护养的指甲。

他们恋爱后，娇蕊以她自己的方式表达了对振保的爱：

她说："我真爱上了你了。"说这话的时候，她还带着点嘲笑的口气。"你知道么？每天我坐在这里等你回来，听着电梯工东工东慢慢开上来，开过我们这层楼，一直开上去了，我就像把一颗心提了上去，放不下来。有时候，还没开到这层楼就停住了，我又像是半中间断了气。"振保笑道："你心里还有电梯，可见你的心还是一所公寓房子。"娇蕊淡淡一笑，背着手走到窗前，往外看着，隔了一会，方道："你要的那所房子，已经造好了。"振保起初没有懂，懂得了之后，不觉呆了一呆。他从来不是舞文弄墨的人，这一次破了例，在书桌上拿起笔来，竟写了一行字："心居落成志喜。"其实也说不上欢喜，许多唧唧喳喳的肉的喜悦突然静了下来，只剩下一种苍凉的安宁，几乎没有情感的一种满足。

再拥抱的时候，娇蕊极力紧匝着他，自己又觉羞惭，说："没有爱的时候，不也是这样的么？若是没有爱，也能够这样，你一定看不起我。"她把两只手臂勒得更紧些，问道："你觉得有点两样么？有一点两样么？"振保道："当然两样。"可是他实在分不出。从前的娇蕊是太好的爱匠。

现在这样的爱，在娇蕊还是生平第一次。她自己也不知道为什么单单爱上了振保。常常她向他凝视，眼色里有柔情，又有轻微的嘲笑，也嘲笑他，也嘲笑她自己。

这段文字中反复出现了"嘲笑"的字眼，为什么她会嘲笑自己呢？首先是因为，爱上振保，是她始料未及的事，她混迹情场多年都没有对一个男人真的动过心，她以为自己不会爱上任何人了，可不知不觉间竟然真心爱上了振保，而且爱得那么强烈，那么深，这与那个曾经在男人面前趾高气扬的娇蕊判若两人，她怎么能不嘲笑自己？她对他是真情告白，他却并未当真，取笑她的心"还是一所公寓房子"，这让她怎能不伤心？她说"你要的那所房子已经造好了"，他并没有马上明白，也许他早忘了自己对她说过的那些话，她却清晰地记得。

遇到他，她才明白了什么是爱，她的爱才真正觉醒。她说："若是没有爱，也能够这样，你一定看不起我。"如果不是深爱着他，她不会说出这样的话，也不会羞愧自己之前同别人、同他的拥抱。所以她极力紧匝着他，希望他能感受到她的爱，可惜他到底分辨不出相爱前后她的拥抱有何差别。

娇蕊虽然单纯，但并不愚蠢。她看出了他对她的感情根本比不上她对他的感情，这让她更加嘲笑自己，当然也嘲笑他竟然不懂得她有多爱他，不懂得珍惜她的爱。

尽管如此，娇蕊还是全身心地投入到了这份爱中。可是就在她已做好了一切准备，甚至向丈夫坦白了他们的恋情，提出离婚的时候，他却退缩了。果然，是她这个"坏女人上了当"。他住进了医院，与其说是生病，倒不如说是为逃避她的爱而采取的权宜之计。她看出了他的怯懦，在医院照顾他时，她几次试图和他沟通，他都是一副沉默——无言的抗拒。所以，她的话从"你别怕……"到"我都改了……"再到"我决不连累你的"，最初她想唤起他的勇气，到后来渐渐地自己也失去了勇气，但无论如何，从一个弱女子口中说出"我绝不连累你"的话，也算是对她深爱的这个男人仁至义尽了。然而，对他的爱和依恋岂是那么容易收回的，她对他说"你离了我是不行的，振保……"然后抱着他的大腿号啕大哭，如同一个含冤的小孩。

他找了诸多借口——从含辛茹苦的母亲到人言可畏的社会——向她表明他们是不可能的。最后，还为她找到了脱身之计："娇蕊，你看怎样，等他来了，你就说是同他闹着玩的，不过是哄他早点回来。他肯相信的，如果他愿意相信。"这主张太出乎她的预料了，她从未想象过自己深爱的这个男人为了维护自己居然会想出这样卑劣的手段：

娇蕊抬起红肿的脸来，定睛看着他，飞快地一下，她已经站直了身子，好像很诧异刚才怎么会弄到这步田地。她找到她的皮包，取出小镜子来，侧着头左右一照，草草把头发往后掠两下，用手帕擦眼睛，擤鼻子，正眼都不朝他看，就此走了。

振保一晚上都没睡好，清晨补了一觉，朦胧中似乎又有人趴在他身上哭泣，先还当是梦魇，后来知道是娇蕊，她又来了，大约已经哭了不少时。这女人的心身的温暖覆在他上面像一床软缎面子的鸭绒被，他悠悠地出了汗，觉得一种情感上的奢侈。

等他完全清醒了，娇蕊就走了，一句话没说，他也没有话。……

也正是这一番话让她如梦初醒，终于看清了他的自私与卑鄙，为这样的男人流泪，实在不值得，就应该头也不回地决然离去。然而，毕竟是她投入全副真情的一份爱啊！一刀两断对她而言必是肝肠寸断，绝不可能一转身就再无反顾。作家也真实准确地表现了娇蕊的这种复杂心理，第二天清晨，她又来到医院"趴在他身上哭泣"，这是她对自己这一场倾情之爱的诀别与哀悼，因此"等他完全清醒了，娇蕊就走了，一句话没说"。

他和她的故事到此结束，然而，他的故事没有完，她的故事也没有完。多年后，他们再次相遇，此时的她不仅"比前胖了……很憔悴，还打扮着，涂着脂粉，耳上戴着金色的缅甸佛顶珠环，因为是中年的女人，那艳丽便显得是俗艳"，而且"老了，老得多了"。一个女人，如果有爱情滋润，生活幸福，一定是容光焕发的，岁月必不会在她身上留下太多沧桑的痕迹。从那有些憔悴的容颜、发胖的身体乃至艳俗的妆扮不难断定，将近十年，她仍然没有找到期待中的真爱与幸福。二人有一番简短的交谈，振保问道："怎么样？你好么？"娇蕊沉默了一会，方道："很好。"之所以沉默，十有八九是因为事实上她过得并不怎么好。振保问是否爱她现在的丈夫，她点点头，艰难地、一字一顿地说："是从你起，我才学会了，怎样，爱，认真的……爱到底是好的，虽然吃了苦，以后还是要爱的，所以……"话未说完，"所以"后面应该是"当我遇到朱先生，我爱上了他，便和他结婚生子"。接下来，振保试探她："你很快乐。"她并没有正面回答，只是笑了声道："我不过是往前闯，碰到什么就是什么。"这个回答很含糊，表面看她没有否定自己"很快乐"，但如果她真的快乐，面对当年背叛自己的男人，应该直截了当地肯定，而不是这样含糊其词。可见，她的这段婚姻也不幸福美满。那么，内情到底如何呢？如果按她所言，她真的爱现在的丈夫，那么这个男人极有可能是"佟振保第二"，即这个男人虽然和她结了婚，有了孩子，但并未将全部感情都倾注在她身上，而是如同振保一样将妻子弃置家中，转而在外寻花问柳。这当然不是娇蕊所期待的婚姻，没有爱情的浇灌，这朵娇艳欲滴并充满活力的红玫瑰只能渐渐枯萎凋谢——这就是她"老得多了"的真正原因。

二、"白玫瑰"孟烟鹂

相比"红玫瑰"王娇蕊,"白玫瑰"孟烟鹂的故事要简单得多:她身家清白,面目姣好,性格温和,又是大学毕业的"新女性"。在家里她是个听话的好女儿,甚至连异性同学给她写的信都要交给家人审阅,家人说"这种人最好少惹",她便将信弃之一旁从不回信。在学校她是个好学生,虽然"因为程度差,不能不拣一个比较马虎的学校去读书,可是烟鹂还是坏学校里的好学生,兢兢业业,和同学不甚来往。她的白把她和周围的恶劣的东西隔开了。烟鹂进学校十年来,勤恳地查生字,背表格,黑板上有字必抄,然而中间总像是隔了一层白的膜"。除去上过大学这点经历,她其实是典型的传统女性。这样的女子婚后多半该是男人所期待的"贤妻良母",能够很好地承担起"相夫教子"的家庭责任。

她和振保经人介绍相识,"初见面,在人家的客厅里,她立在玻璃门边,穿着灰地橙红条子的绸衫,可是给人的第一印象是笼统的白。她是细高身量,一直线下去,仅在有无间的一点波折是在那幼小的乳的尖端,和那突出的胯骨上。风迎面吹过来,衣裳朝后飞着,越显得人的单薄。脸生得宽柔秀丽,可是,还是单只觉得白"。同大多数中国传统女性相似,在生活中她始终扮演着一个被动者的角色。她与振保的相识是被人介绍,由于各方面条件相当,在见到她后,振保对自己说:"就是她罢。"于是,她就同振保相处,和他在一起,她"很少说话,连头都很少抬起来,走路总是走在靠后。她很知道,按照近代的规矩她应当走在他前面，应当让他替她加大衣，种种地方伺候她，可是她不能够自然地接受这些分内的权利，因而踌躇，因而更为迟钝了"。振保虽然自己也是吃力学来的绅士派，却认为这是烟鹂的一大缺点。

尽管烟鹂私下里为订婚与结婚的日子相距太短促而遗憾，但还是听从振保的安排很快订婚、结婚。然而她的顺从并不能改变振保的种种不满意。由于在她之前有玫瑰和娇蕊，振保对她"有许多不可告人的不满的地方……他对她的身体并不怎样感到兴趣。起初间或也觉得可爱……后来她连这一点少女美也失去了。对于一切渐渐习惯了之后，她变成一个很乏味的妇人"。

婚后的烟鹂除去与丈夫、婆婆相处几乎失去了与外界的所有联系。家庭是烟鹂唯一的活动空间，可在这里她毫无地位与尊严，她的顺从只换来丈夫的无视与轻蔑，"她做错了事，当着人他便呵责纠正，便是他偶然疏忽没看见，他母亲必定见到了……振保的母亲到处宣扬媳妇不中用"，连家中的仆人都瞧不起她。如果按照马斯洛的需求层次理论去看，不难发现，在烟鹂的生活中，无论是相对低等的生理需求、安全需求，还是相对高等的尊重需求，都得不到满足。这样的境遇，当然更谈不上自我实现了。因此，她总是"锁着眉，嘟着嘴，一脸稚气的怨愤"，长此以往，必然会导致心理失衡，甚至扭曲。由于在家庭中找不到认同感与自尊感，烟鹂便抓住一切机会向家庭之外"求助"，她"逢人就叫屈，然而烟鹂很少机会遇见人"，偶尔有振保的朋友登门：

恰巧振保不在，烟鹂总是小心招待，把人家当体己人，和人家谈起振保："振保就吃亏在这一点——实心眼儿待人，自己吃亏！唉，张先生你说是不是？现在这世界是行不通的呀！连他自己的弟弟妹妹也这么忘恩负义，不要说朋友了，有事找你的时候来找你——没有一个不是这样！我眼里看得多了，振保一趟一趟吃亏还是死心眼儿。现在这时世，好人做不得的呀！张先生你说是不是？"朋友觉得自己不久也会被归入忘恩负义的一群，心里先冷了起来。振保的朋友全都不喜欢烟鹂，虽然她是美丽娴静的最合理想的朋友的太太，可以作男人们高谈阔论的背景。

虽然她多半是为振保叫屈，可振保还是厌烦之极，当他发现她向老妈子和自己几岁的女儿诉冤后，便大发雷霆，将女儿送到学校寄宿，粗暴地剥夺了烟鹂最后的话语权，从此，烟鹂也彻底失语。

内心的郁结直接导致烟鹂身体的疾病，她患上了严重的便秘。此外，也导致了她的"出轨"。令振保不解的是她居然是和一个"年纪虽轻，已经有点伛偻着，脸色苍黄，脑后略有几个癞痢疤"的裁缝偷情。其实原因很简单，就是因为在烟鹂的世界里除了丈夫之外，这个裁缝是唯一一个可以和她近距离接触的男性，而与丈夫将她弃之如敝屣不同的是，这个男人将作为顾客的她视若神明，毕恭毕敬，言听计从。从这里她得到了她极度渴望的肯定与尊重。所以她才会与这个其貌不扬，甚至有些猥琐的小裁缝有了这段短暂的婚外情。虽然这段插曲最终只是草草结束，却给了振保借口公开嫖妓，开始烟鹂还替他掩饰、辩解，直至振保"不拿钱回来养家，女儿上学没有学费，每天的小菜钱都成问题"，她再也无法替他辩解、掩饰，这个曾经柔弱、沉默的女人变成了一个怨妇，到处向人倾诉自己的无辜和无助，试图赢得别人的同情。

这个曾经接受过高等教育的女人，甚至从未尝试着去改变这种婚姻状态，更没有勇气像娇蕊那样去果敢地结束一段无爱的婚姻。这是一个永远蜷缩在生活角落里的默默的忍受者，她的一生将注定被别人主宰。她"像两扇紧闭的白门，两边阴阴点着灯，在旷野的夜晚，拼命地拍门，断定了门背后发生了谋杀案。然而把门打开了走进去，没有谋杀案，连房屋都没有，只看见稀星下的一片荒烟蔓草"。张爱玲借这个女性形象表达了她对尚未彻底摆脱传统文化束缚的"新"女性的婚姻、人生的反思与批判——如若不努力自强，无论是红玫瑰还是白玫瑰，都只能在默默忍受中凋谢，剩下一片荒烟蔓草。

三、"好人"佟振保

故事的男主角佟振保出身低微，通过自己的努力争取到了受良好教育的机会，一度到国外留学，学成归国后又凭借自己的能力谋得了一份体面的工作，摆脱了"去学生意，做店伙一辈子生死在一个愚昧无知的小圈子里"的命运。因为他所拥有的一切都是自己百般努力得来的，所以他下定决心必须要保持其秩序井然，有始有终，有条有理，他"决心要创造一个'对'的世界，随身带着。在那袖珍世界里，他是绝对的主人"。

如同张爱玲《封锁》中的男主人公吕宗桢，这是又一个典型的"好人"——"侍奉母亲，谁都没有他那么周到；提拔兄弟，谁都没有他那么经心；办公，谁都没有他那么火爆认真；待朋友，谁都没有他那么热心，那么义气，克己。"留学时，他同一个叫玫瑰的姑娘恋爱，对主动投怀送抱的姑娘竟能硬下心肠坐怀不乱，又为自己赢得了一个"柳下惠"的好名声。

这样一个既接受过良好的教育、受过西方进步文化的熏陶，又能够在社会上努力打拼，兼顾家庭事业，拥有一大帮朋友的男人，在现代中国的文化语境中无疑是非常时髦的，是那个时代所有出身正途、凭借自己努力获得成功的男人的楷模，也是所有生活在现代中国的男性的榜样，他"整个地是这样一个最合理想的中国现代人物"。

可这并不是张爱玲要突出展现的，相反，作家无情地撕破了这个人物披着的那层正人君子、社会楷模的面纱，将他的真实面目甚至灵魂深处最隐秘的一面呈现给我们。那是截然不同的一面：自私、虚伪、懦弱、冷酷，甚至卑鄙无耻。正是他的这一面，毁掉了两个无辜的女子，也毁掉了他自己的爱情与婚姻。

在振保与红、白玫瑰的故事展开之前，小说回顾了他在妻子与情妇前的两个不要紧的女人的故事——一个是妓女，另一个是初恋。将这两个女人放在一起看起来未免有点亵渎爱情，可事实上，振保对这两个相去甚远的女人的态度和心理与他对后来出现在他生活中的红、白玫瑰的态度和心理如出一辙。从他与这两个女人的故事中我们已经能够看清这个"好"男人的婚恋观。

嫖妓当然与爱情无关，只是纯粹的肉欲而已，可令振保耿耿于怀的却是"这样的一个女人。就连这样的一个女人，他在她身上花了钱，也还做不了她的主人"，以至于"振保后来每次觉得自己嫖得精刮上算的时候便想起当年在巴黎，第一次，有多么傻"。这段经历的意义在于，自那以后嫖妓便成为他生活中必不可少的一部分，也是从那天起，他决心要创造一个对的世界，在那袖珍世界里他是绝对的主人，即便像嫖妓这样的事也要确保精刮上算，一切都要尽在他的掌控之中。而他与任何女人的交往都要将利弊取舍的主动权牢牢握在自己手中，玫瑰如此，娇蕊如此，烟鹂更是如此。

玫瑰是振保的初恋，她的父亲是英国商人，母亲是中国人，她是个比英国人还要英国化的女孩，"玫瑰是不是爱上了他，振保看不大出来，他自己是有点着迷了"。即便如此，他依然能够理智地把握着二人交往的分寸，归国之前那一晚，尽管玫瑰主动投怀送抱，振保硬是坐怀不乱。这当然不是因为他道德高尚，而是因为玫瑰"和振保随随便便，振保认为她是天真。她和谁都随便，振保就觉得她有点疯疯傻傻的。这样的女人，在外国或是很普通，到中国来就行不通了。把她娶来移植在家乡的社会里，那是劳神伤财，不上算的事"。这就是振保，做出任何选择之前都要将其放在利弊的天平上仔细权衡一番，仔细盘算好是否划得来，无利不图！因为"不上算"故"坐怀不乱"。可毕竟这是主动送上门的便宜，有利而未图，又让他懊恼不已。

张爱玲在散文《谈女人》中曾说："正经女人虽然痛恨荡妇，其实若有机会扮个妖妇角色的话，没有一个不跃跃欲试的。"这番话其实普遍适用于所有男人女人。像振保这样的"正人君子"灵魂深处也暗藏着一个"流氓坯子"，只要有机会，同样会跃跃欲试。王娇蕊即是无意中做了"流氓坯子"的牺牲品。振保之所以会与娇蕊展开这场爱情游戏，是因为在他看来，她同时兼具巴黎妓女和初恋情人玫瑰的双重特质——既像初恋情人玫瑰一样热烈令人难以自持，又如妓女一样无须负责任。对他而言，这里面根本没有爱情，只是肉欲和游戏而已。

振保头一次见到娇蕊时，她正在洗头发，手上的泡沫溅了一点到他手上,"他不肯擦掉它,由它自己干了,那一块皮肤便有一种紧缩的感觉,像有张嘴轻轻吸着它似的"。他已经开始了情不自禁的龌龊意淫。"他喜欢的是热的女人,放浪一点的,娶不得的女人",在他看来,娇蕊恰恰是这样一个女人,然而,他一面告诫自己,朋友妻,不可欺,她"已经做了太太而且是朋友的太太,至少没有危险了",一边又"心里着实烦恼,才同玫瑰永诀了,她又借尸还魂,而且做了人家的妻。而且这女人比玫瑰更有程度了,她在那间房里,就仿佛满房都是朱粉壁画,左一个右一个画着半裸的她"。

左顾右盼,他实在是放不下这样一个充满诱惑力的女人,甚至暗暗将自己与王士洪做了一番比较:

……这王娇蕊,士洪娶了她不也弄得很好么?当然王士洪,人家老子有钱,不像他全靠自己往前闯,这样的女人是个拖累。况且他不像王士洪那么好性子,由着女人不规矩。若是成天同她吵吵闹闹呢,也不是个事,把男人的志气都磨尽了。当然……也是因为王士洪制不住她的缘故。不然她也不至于这样。

比较后他得出结论,和王士洪不同,他要娶的女人,首先不能拖累他,其次要守规矩,再次,要对他俯首帖耳,唯命是从。这些条件娇蕊一个都不符合,如果娶了也是"劳神伤财,不上算"。

之后,在娇蕊请他吃茶,也是二人第一次单独相处时,他又恶意揣测她是个心机重、不好惹的女人:

……娇蕊背着丈夫和那姓孙的藕断丝连,分明嫌他在旁碍眼,所以今天有意的向他特别表示好感,把他吊上了手,便堵住了他的嘴。……这女人是不好惹的。他又添了几分戒心。

后来接触多了，他渐渐发现"她仿佛是个聪明直爽的人，虽然是为人妻子，精神上还是发育未全的，这是振保认为最可爱的一点"。这算是他对她多少有了一点正确的认识。所谓"精神发育未全"其实是指娇蕊的单纯、真挚，不伪饰、不世故。这对于世故、圆滑、虚伪、做任何事情都要掂量一下是否划算的振保而言当然是可爱的，并极具吸引力。在这充满虚伪和算计的世界里是多么难能可贵，所以，这是"一种新的威胁"，"和这新的威胁比较起来，单纯的肉的诱惑简直不算什么"。可见，娇蕊的单纯真挚已经让振保也动了些许真情，但他立刻告诫自己"绝对不能认真哪！那是自找麻烦"。需要注意的是，这里是"绝对不能认真"而非绝对不能染指，也就是说，这时他已经看出娇蕊对他是认真的，而他却不打算认真，因为如果他认真了，最终的结果一定是他娶她为妻。而这是从一开始他已经盘算得一清二楚的——不上算。不上算的事情他是绝不会做的。

可是就此作罢又心有不甘。多年前拒绝玫瑰后他经常暗自后悔，这次，他当然会想方设法避免日后悔恨。最后他终于给自己找到了借口和出路："振保一晚上翻来覆去的告诉自己这是不妨事的，娇蕊与玫瑰不同，一个任性的有夫之妇是最自由的妇人，他用不着对她负任何责任。"他当初拒绝玫瑰是怕对她负责，而今天，娇蕊这样一个有夫之妇如同当年和他萍水相逢的那个巴黎妓女一般，是用不着他负责的。到这里，他已经彻底做好了对娇蕊始乱终弃的打算和准备，只差一个合适的时机了。

期间，有两处细节不能忽略，其一是，一晚听到电话铃响二人在客厅相遇：

……振保这方面把手搁在门钮上，表示不多谈，向她点头笑道："怎么这些时候都没有看见你？我以为你像糖似的化了去了！"他分明知道是他躲着她而不是她躲着他，不等她开口，先抢着说了，也是一种自卫。无聊得很，他知道，可是见了她就不由得要说玩笑话——是有那种女人的。娇蕊笑道："我有那么甜吗？"她随随便便对答着，一只脚伸出去盲目地寻找拖鞋。振保放了胆子说："不知道——没尝过。"娇蕊噗嗤一笑。她那只鞋还是没找到，振保看不过去，走来待要弯腰拿给她，她恰是已经踏进去了。

……（振保）笑道："一个人在家不怕么？"娇蕊站起来，踏啦踏啦往房里走，笑道："怕什么？"振保笑道："不怕我？"娇蕊头也不回，笑道："什么？……我不怕同一个绅士单独在一起的！"振保这时却又把背心倚在门钮的一只手上，往后一靠，不想走了的样子。他道："我并不假装我是个绅士。"娇蕊笑道："真的绅士是用不着装的。"她早已开门进去了，又探身过来将甬道里电灯啪的一关。振保在黑暗中十分震动，然而徒然兴奋着，她已经不在了。

此前，振保已经决定要搬离王家，并且数日来刻意躲着娇蕊。这让娇蕊认为他是"绅士"而几乎断了念想，他这番明示、暗示的挑逗无异于在即将燃尽的火堆上添了一大把柴，重新点燃了她的情感。这才有了后来的故事。

其二是，一天中午振保回去取大衣无意间看到娇蕊"痴心地坐在他大衣之旁，让衣服上的香烟味来笼罩着她，还不够，索性点起他吸剩的香烟"，他心里大惑不解，及至想通了之后还是迷惑，最后得出的结论是：娇蕊"真是个孩子，被惯坏了，一向要什么有什么，因此遇见了一个略具抵抗力的，便觉得他是值得思念的"。这又是振保式的思维，他自己对女人从来不动真情，便认为娇蕊对他也绝非真心，而只是一种虚荣的征服欲。既然如此，他大可以和她过几招，玩一玩，彼此都不认真，也容易抽身退出。他终于找到了恰当的时机，这一晚"他和她到底在一处了"。

真正谈起恋爱来，振保又时时后悔"这次的恋爱，整个地就是不应该"，原因当然还是他耿耿于怀的"他所有的一点安全，他的前途，都是他自己一手造成的，叫他怎么舍得轻易由它风流云散呢？"果然，在她为了他放弃自己优越的生活，向丈夫摊牌之后，他居然"疑心自己做了傻瓜，入了圈套。她爱的是悌米孙，却故意的把湿布衫套在他头上，只说为了他和她丈夫闹离婚，如果社会不答应，毁的是他的前程"。他并非看不清娇蕊对他的真心而怀疑这一切，而是急于找一个冠冕堂皇的借口让自己能够毫无负罪感、愧疚感地逃离、背叛她。

当然，对他而言，找借口从来就不是费力的事，他摆出了一大堆需要顾及的对象："娇蕊，你要是爱我的，就不能不替我着想。我不能叫我母亲伤心。她的看法同我们不同，但是我们不能不顾到她，她就只依靠我一个人。社会上是决不肯原谅我的——士洪到底是我的朋友。我们的爱只能是朋友的爱。以前都是我的错，我对不起你。可是现在，不告诉我就写信给他，都是你的错了。"……"娇蕊，你看怎样，等他来了，你就说是同他闹着玩的，不过是哄他早点回来。他肯相信的，如果他愿意相信。"这些话，听起来入情入理，仿佛都是为了别人着想，背后却隐藏着一个卑鄙到无耻的丑恶灵魂。凭着一张巧舌如簧的利嘴，他轻易地脱了身，结束了这段不该开始的恋爱。

以后，他一路顺风地娶到了符合他婚姻理想的幽娴贞静的妻，可他却很快厌倦，将她弃置一旁，理由是她太乏味。真是振振有词，都是他的理！他在外面宿娼，玩女人，却要求妻子全心全意地忠实于他。他从来不想一想，她也是一个活生生、有情感、有欲望、有各种需求的女人，直至把她逼到偷情的路上，他仍然认为："我待她不错呀！我不爱她，可是我没有什么对不起她的地方。我待她不能算坏了。下贱东西，大约她知道自己太不行，必须找个比她再下贱的，来安慰她自己。可是我待她这么好，这么好——"都是别人对不起他！这样的男人实在是令人作呕。女人遇到这样的男人真是莫大的不幸。

振保曾将娇蕊比作一个小孩子一朵一朵去采下许多紫罗兰，扎成一把，然后随手一丢。将这个比喻用在他自己身上更恰当，他朝着自己的光明前途一路前行，路旁开满各色花朵，最令他垂涎的当然是那娇艳欲滴的红玫瑰，他采下来闻一闻嗅一嗅，把玩一番后，对自己和那花朵说，不行，这样会影响、拖累自己，于是随手一丢任它独自萎谢。直到看到一朵静静开在角落里的纯白无瑕的白玫瑰，他将这朵花摘下来。倒不是因为他从心里更爱白玫瑰，而是他周围的人们更喜欢，为了赢得他们的赞许，他把这朵白玫瑰摘下来插在自家客厅的花瓶里以示众人，他自己却几乎不用正眼看一眼，更不用说给那花瓶里添水浇灌，任凭它慢慢枯萎，他告诉自己没关系，枯萎了大家也能看出来它是白色而非红色的玫瑰，这就够了。而他自己照旧边走边看，继续拈花惹草，乐得自在逍遥。

在佟振保这个形象身上，张爱玲延续了她对于男性在爱情、婚姻中所表现出来的自私、虚伪、冷酷无情的批判。不同的是，这个形象比她笔下大多数男性形象更具迷惑性，他兢兢业业、勤勤恳恳、八面玲珑，谁都觉得他是个十足的"好人"，张爱玲却无情地撕破了这层假面，将这类"好人"卑鄙无耻的真面目暴露无遗。

四、爱情与婚姻

按照弗洛伊德的观点，作家的创作来源于现实生活中那些不被满足的愿望，在文学作品中，他们借助主人公完成了"对令人不满足的现实的补偿"。《红玫瑰与白玫瑰》完成于1944年6月，发表于1944年5—7月《杂志》第13卷2—4期。这是一个特殊的时间段——张爱玲与胡兰成由热恋走向婚姻的阶段。这也是这篇小说的特殊之处，它势必会透露张爱玲对于爱情、婚姻的感受与思索。

说到这里就不得不将张爱玲的婚恋做一简单梳理。张爱玲与胡兰成的爱情和婚姻经历大致如下：二人于1944年2月相识，旋即热恋，至同年8月结婚。不了解内情的人会想当然地认为两人一定是爱得极其热烈才会如此迅速地结婚。可事实并非如此，促成二人婚姻的直接原因是胡兰成的第三个女人英娣（之所以这样措辞是因为胡兰成其时真正的妻子是全慧文，英娣是胡兰成待之如妻的情人）得知胡兰成移情别恋后与其决裂，胡兰成才与张爱玲结婚。说是结婚，其实没有履行任何法律手续，只是一纸婚书，甚至没有公开的婚礼，证婚人只有张爱玲的好朋友炎樱。婚后的胡兰成一如既往地滥情，3个月后，胡兰成到武汉接编《大楚报》，很快便与年仅17岁的护士小周谈情说爱，甚至举行了婚礼。1945

年，抗战胜利后，在流亡中他一面靠着张爱玲寄来的钱维持生活，一面却同范秀美同居以夫妻相称。直至1947年6月，他渡过了难关后，张爱玲寄来了最后一笔30万元钱同诀别信与他分手。

张爱玲对于这段感情很少提及，但在这篇小说中我们可以窥见她此时的内心世界。小说开篇便是一段警句式的文字：

也许每一个男子全都有过这样的两个女人，至少两个。娶了红玫瑰，久而久之，红的变了墙上的一抹蚊子血，白的还是"床前明月光"；娶了白玫瑰，白的便是衣服上的一粒饭粘子，红的却是心口上的一颗朱砂痣。

这段文字精准地概括出男性的情感世界，也表达了无论是红玫瑰还是白玫瑰，进入婚姻都终将"萎谢"的女性情感体验。从王娇蕊到孟烟鹂，我们会看到女性被虚伪、无情的男性玩弄、伤害、摧残，从娇艳欲滴的红渐渐褪色到空洞无物的白，直至彻底"萎谢"的全过程。这也是张爱玲在与胡兰成的爱情和婚姻中内心不断地经受着的冲击和煎熬。

仔细比对、剖析张、胡的爱情与婚姻与《红玫瑰与白玫瑰》中的相关情节就会发现，这简直就是作者经过伪装的一部"自叙传"小说。毋庸置疑，佟振保就是胡兰成的化身，他们对待女性的态度，及其自私、冷酷、虚伪都如出一辙。而在小说中，两个看似截然不同的女性形象——红玫瑰王娇蕊与白玫瑰孟烟鹂正是张爱玲自己的化身。事实上，张爱玲确同胡兰成说过："我想过，我倘使不得不离开你，亦不致寻短见，亦不能再爱别人。我将只是萎谢了。"这里，"萎谢"一词恰同小说中的红、白玫瑰之比相吻合。在她看来，红玫瑰是自己的现在，白玫瑰则是自己的将来。开始，张爱玲之于胡兰成，正如王娇蕊之于佟振保，是如红玫瑰般热烈的情妇。对于这段情感,张爱玲谈得很少,胡兰成的说法是"我们两人都曾少想到结婚"。的确,正如佟振保从未想过要与王娇蕊结婚一样,胡兰成也从未想过要和张爱玲结婚。然而,张爱玲却是如同王娇蕊对佟振保那样,一心一意地爱着他,恨不得将他"包包起,像个香袋儿,密密的针线缝缝好,放在衣箱藏藏好"。沉溺在恋爱中的她会"如此兀自欢喜得诧异起来,会只管问:'你的人是真的么?你和我这样在一起是真的么?'还必定要我回答,倒弄得我很僵"(胡兰成语)。恋爱中的女子最是敏感,何况张爱玲这般冰雪聪明,她一定是察觉到了他的爱不像她那么"真",才会如此发问。张爱玲甚至将自己想象成王娇蕊,预见到如果她想与胡兰成结婚,必将如同欲与佟振保结婚的王娇蕊一样,遭到抛弃。为了避免这一结局,她只能委曲求全,表现得尽量豁达大度。她确实说过:"我想过,你将来就只是我这里来来去去亦可以。"但这绝非如胡兰成所言:"她是想到婚姻上头,不知如何是好,但也就不再去多想了。"这完全是因为在这个男人身上她看不到希望,才做出的最无奈的、没有选择的选择。

在张爱玲内心深处,"想结婚"的愿望与"不能结婚"的现实激烈对峙,欲罢不能。在炼狱般的煎熬中,她继续为自己编织了白玫瑰孟烟鹂的故事。在这个故事里,她又将自己想象成孟烟鹂,借她的遭遇,张爱玲预见了婚姻中的平淡、乏味、男人的背叛,最终说服了自己,既然无论是红玫瑰还是白玫瑰进入婚姻都会枯萎死去,既然"婚姻是爱情的坟墓",就不要走进去,所以才会向胡兰成透露出"少想到结婚"的态度。小说开篇这段警句式的文字:"也许每一个男子全都有过这样的两个女人,至少两个。娶了红玫瑰，久而久之，红的变了墙上的一抹蚊子血，白的还是'床前明月光'；娶了白玫瑰，白的便是衣服上的一粒饭粘子，红的却是心口上的一颗朱砂痣。"与其说是对小说男主人公佟振保情感的概括，倒不如说是张爱玲对胡兰成的滥情所做的道德批判。

后来的事实证明这篇小说果然成了二人感情的预言。婚后，张爱玲很快便沦为"白玫瑰"，如同孟烟鹂一样被冷落，对丈夫的拈花惹草束手无策。不同的是，作为现代女性，她如同红玫瑰王娇蕊一样，对全心全意所爱的男人仁至义尽后，选择了离开。

总之，《红玫瑰与白玫瑰》一方面揭示了在男权意识的笼罩下女性进退维谷的生存困境，宣告了在男性处于话语霸权中心的社会体系中女性爱情神话的终结，另一方面，它是张爱玲对于自己正在进行的爱情与即将到来的婚姻的"白日梦"，借这部作品，她详细地思考和梳理了同胡兰成的感情，并在心里进行了一次完整的"预演"，为自己的将来做好了打算。另外，通过作品她秘密地宣泄了对于胡兰成的不满，完成了对其的道德谴责，这些在现实生活中无法通过正常的途径加以实现的愿望由此曲折地得到满足，使作家暂时实现了心理的平衡与平静。这在张爱玲的小说中是绝无仅有的。

虚伪俗世中的"真人"
——新解范柳原与王娇蕊

《倾城之恋》和《红玫瑰与白玫瑰》是张爱玲在读者中最具影响力的两部小说。二者的创作时间相距近一年,讲述的故事也大不相同,但小说中的两个男女主人公范柳原与王娇蕊在思想、性格、命运等方面却极为相似,是张爱玲倾力塑造的理想化的两性形象。

一、世俗眼中堕落的滥情者

范柳原和王娇蕊都被认为是用情不专的风流放荡之辈。傅雷认为范柳原"是一片空虚的心,不想真正找着落的心,把恋爱看作高尔夫与威士忌中间的调剂";王娇蕊也被认为"就像一具有着妖娆艳丽的外表的腐尸,过着最消极最堕落最荒淫的生活"。

小说中,范柳原还未现身,便被徐太太戴上了"把女人看成他脚底下的泥……他年纪青的时候受了些刺激,渐渐的就往放浪的一条路上走,嫖赌吃着,样样都来,独独无意于家庭幸福"的帽子。他本是介绍给宝络的对象,却在和宝络相亲时与流苏打得火热。他设计将流苏骗到香港，而在和流苏相处的过程中，也显得忽热忽冷，朝三暮四。而且，看起来他是只愿意和流苏谈恋爱，不打算结婚的。如果说"一切不以结婚为目的的谈恋爱都是耍流氓"，似乎范柳原够得上"流氓"的称谓了。几经周折终于实现自己的"初衷"，成功地迫使流苏就范，成为他的情人，他却在与她同居一周后抛下她到英国去，而且不知什么时候才能回来，似乎是要"始乱终弃"了。战争爆发导致他未能成行，于是在战乱中与流苏结了婚。可婚后不久，他却又故态复萌，"把他的俏皮话省下来说给旁的女人听"了。

　　王娇蕊出生于华侨家庭，被家人送到英国读书，为的是将来能够嫁一个有资产、有地位的"好"丈夫，可她由于年纪尚小，一心只顾着贪玩，渐渐地名声不太好了，才手忙脚乱地与富家子弟王士洪结婚。婚后回到中国，她仿佛还是旧习未改，常常与男人暧昧。正因如此，王士洪才在离家赴新加坡之前坚决地赶走了房客孙先生。振保搬到王家，第一次见到她，"一件条纹布浴衣，不曾系带，松松合在身上，从那淡墨条子上可以约略猜出身体的轮廓，一条一条，一寸寸都是活的"。洗着头发，顶着一头肥皂沫子，穿着浴衣就出来与陌生异性相见实在是不够得体。从她与丈夫的对话看，他们的家庭是一个新式家庭，夫妻间的地位是平等的，感情也比较和谐，丈夫虽有时调侃挖苦，但对她也嘘寒问暖，算得上疼爱有加。在那个时代，拥有这样的家庭，这样的丈夫，王娇蕊应该算得上幸福了。可是这个女人似乎对眼前的幸福并不珍惜，先是与房客孙先生有些暧昧，在丈夫离家之后，她又和新入住的振保打得火热，甚至为了振保，她向丈夫摊牌，最终协议离婚。看上去，这个女人似乎确实有风流成性、水性杨花之嫌。

二、追爱路上孤独的"真人"

张爱玲说流苏"始终没有彻底懂得柳原的为人"。确实，范柳原与王娇蕊周围的人，乃至大多数读者都误解了这两个人物。在与《倾城之恋》几乎同一时间创作的《封锁》中作者表达了对于勇于挑战世俗伦理道德观念，本着自己内心的真实情感、思想行事的"真人"的肯定和期待。而范柳原与王娇蕊就是敢于直面自己的内心，执着于真爱，并竭尽全力追求真爱的"真人"。他们都出身于华侨家庭，拥有一副中国面孔，由于长期生活在西方文化环境中，接受了西方现代教育，其言行与国人大相径庭，因而不被周遭理解，进而被视为异己，在追求真爱的路上走得异常孤独艰辛。

范柳原的父亲是一位著名华侨，他母亲是一个华侨交际花，二人是非正式的结合。范柳原从小在英国长大。父亲过世后，他孤身流落英伦，很吃过一些苦。他虽生在英国，长在英国，接受了英式的教育，具有现代思想，却因为一副中国面孔无法真正融入英国人中，无法找到一种文化上的认同感。这种隔膜让他非常孤独。因此，中国，一直是他内心深处的精神家园，在浅水湾的那堵灰墙下，他第一次向流苏表明心迹的时候，有过这样一番剖白："关于我的家乡，我做了好些梦。"回国，在他而言，是一次精神和文化上的寻根之旅，可是当他回到国内，却发现不仅不被族人接纳，他周围的人也因为他的英国背景而视他为异己，在这里，他仍然是一个不被理解与接纳的孤独者。"四周的那些坏事、坏人"彻底击碎了他曾经的美梦,"你可以想象到我是多么的失望。我受不了这个打击,不由自主的就往下溜。你……你如果认识从前的我,也许你会原谅现在的我"。从这番话中可以推测,从前他必不是现在这样玩世不恭、放荡不羁。可见,外表的放浪,只是为了掩饰内心的孤独、空虚和落寞,其实,在内心深处,他仍然是一个渴望得到文化上的认同和精神上的慰藉的孤独者。找一个"中国女人"正是他实现自己的人生理想的重要内容。而流苏刚好是他心里那种"真正的中国女人"。

王娇蕊与振保的谈话,也透露出相似的情绪。当说到自己的时候,她一反往日爽朗的个性,显得支支吾吾,欲言又止。从她的话语之中,可以看出,她对自己与丈夫的相识和结婚的过程不仅没有津津乐道,而且流露出了一种无奈和感伤的情绪,甚至从她的话里听得出,她与丈夫的结合也不是出于爱情,而是由于"玩了几年,名声渐渐不大好了"。随后,振保问她:"难道你还没玩够?"她答道:"并不是够不够的问题。一个人,学会了一样本事,总舍不得放着不用。"话里的意思是我现在还是和从前一样要继续玩下去。这个回答够坦率的。其实这番话是半真半假,"真"是指面对振保,娇蕊毫无保留地将自己结婚前后的情感、心理展露无遗;"假"是指她说"舍不得放着不用"自己的"本事"其实是一种自我嘲讽,正如《倾城之恋》中柳原对流苏说的"我有钱,有时间,还用找别的理由?"而她所言的"玩"也只是在无爱的婚姻中排遣内心空虚寂寞的方法。在这一点上,王娇蕊与范柳原确实不谋而合,由于找不到真爱,他们便以放荡的外表掩饰自己内心的痛苦,直至遇到一个真正深爱的人。

当范柳原遇到了白流苏,王娇蕊遇到了佟振保,他们立时褪去了平日里放荡不羁的外壳，变成了两个为爱痴狂的傻子。为了与流苏相爱，柳原费尽心力，先是设计让流苏从上海的牢笼中解放出来。待她来到香港，他带着她"做各种的傻事。甚至于乘着电车兜圈子，看一场看过了两次的电影……"深夜里，给一墙之隔的流苏打电话说"我爱你"，匆匆挂断电话后才想起忘了问流苏爱不爱他。战火中，他不顾自己的安危冒险回去救她……在她面前，他天真单纯得像一个毫无情感经验的大男孩。同样，曾经将各色男人玩弄于股掌之间的娇蕊也如同一个初涉爱河的小女孩，"痴心地坐在他大衣之旁，让衣服上的香烟味来笼罩着她，还不够，索性点起他吸剩的香烟……"她自称记性差，却记得他聊天时无意提及喜欢喝清茶的话。她的长指甲把他划伤了，于是在他睡去之后她剪掉精心养长的指甲。这一切都是因为他们终于找到真爱。

当真爱降临，范柳原和王娇蕊都是极其严肃认真地对待的，严肃到他们都将婚姻作为各自爱情的最终归宿。但二人的表现却截然不同，范柳原是坚决不愿与流苏结婚而最终结了婚；王娇蕊是坚决要与振保结婚可最终却分了手。

为何范柳原虽然爱着流苏却摆出一副坚决不打算结婚的架势？流苏刚到香港，在浅水湾的那堵灰墙下范柳原对她说："有一天，我们的文明整个的毁掉了，什么都完了——烧完了、炸完了、坍完了，也许还剩下这堵墙。流苏，如果我们那时候在这墙根底下遇见了……流苏，也许你会对我有一点真心，也许我会对你有一点真心。"这番话言外之意是说，因为我们的文明毫发无伤，因为我有钱财、地产和身外的一切，所以，流苏，你对我没有真心，既然如此，我对你也不敢动真心。可见从一开始，他就洞察，流苏选择同他谈恋爱，并不是因为爱他，而是爱他所拥有的物质条件，所以，他才始终不肯说出结婚二字，因为，在他看来，婚姻是要以彼此相爱为基础的，假使他所深爱的女人并不爱他，那么无论自己多爱对方，也不应该步入婚姻，这就是那个深夜在电话里他说出冒犯流苏的"根本你以为婚姻就是长期的卖淫"的那番话的真正原因。其实，他本无意冒犯流苏，只是在陈述自己对婚姻的理解——如果你只是为了钱嫁给我，那和卖淫有什么区别？直至战争爆发，流苏在一个狂风呼啸的夜里突然顿悟"在这动荡的世界里，钱财、地产、天长地久的一切，全不可靠了。靠得住的只有她腔子里的这口气，还有睡在她身边的这个人。她突然爬到柳原身边，隔着他的棉被，拥抱着他"。这是她第一次关注这个"人"，而不是他的钱财、地产和他所拥有的一切物质条件。"她终于遇见了柳原"，这是她和他第一次灵魂的相遇，心灵的契合，流苏第一次发现了柳原，也第一次让柳原感受到了她的真心。就是那个深夜毫无征兆的拥抱，也就是那一刹那，他下定决心同她步入婚姻。这正是柳原的"自私"之处——固守自己的爱情信念岿然不动。

在面对婚姻时，王娇蕊显得更加单纯、直接。在她看来，既然她爱振保就应该义无反顾地结束她原来无爱的婚姻，与振保步入婚姻，于是她给丈夫写信摊牌，要求丈夫给她自由。可未曾想到，她的勇敢让振保立时乱了阵脚。他住进了医院，与其说是生病，倒不如说是为了逃避她的爱采取的权宜之计。她看出了他的懦弱，在医院照顾他时，她几次试图和他沟通，他都是一副沉默——无言的抗拒。所以，她的话从"你别怕……"到"我都改了……"再到"我决不连累你的"，最初她想唤起他的勇气，到后来渐渐地自己也失去了勇气,但无论如何,从一个弱女子口中说出"我绝不连累你"的话,也算是对她深爱的这个男人仁至义尽了。然而,对他的爱和依恋岂是那么容易收回的,她对他说"你离了我是不行的,振保……"然后抱着他的大腿号啕大哭,如同一个含冤的小孩。

他找了诸多借口——从含辛茹苦的母亲到人言可畏的社会——向她表明他们是不可能的。最后,还为她找到了脱身之计:"娇蕊,你看怎样,等他来了,你就说是同他闹着玩的,不过是哄他早点回来。他肯相信的,如果他愿意相信。"这主张太出乎她的预料了,她从未想象过自己深爱的这个男人为了维护自己居然会想出这样卑劣的手段。也正是这番话让她如梦初醒,终于看清了他的自私与卑鄙,为这样的男人流泪,实在不值得,所以她头也不回地决然离去了。第二天清晨她再次来到医院趴在还未醒来的他身上痛哭一场,这是她对自己这一场倾情之爱的诀别与哀悼,而不是对他的依恋与不舍,因此,当他醒来,她就走了,一句话也没说。多年后,各自成家的他们再度偶遇,从二人的交谈中可以推测,王娇蕊在与丈夫离婚后,应该是有过一段极其艰难的生活,但她却坚持"虽然吃了苦,以后还是要爱的",在往前闯的路途上,她一直在寻找属于自己的真爱。他讥讽她碰到的无非是男人。她却说"是的,年纪青,长得好看的时候,大约无论到社会上做什么事,碰到的总是男人。可是到后来,除了男人之外总还有别的……"这里,"别的"应该是她所一直努力追寻的真爱。

可见,无论是范柳原还是王娇蕊,都是在那个充满伪饰与自欺的俗世中真正拥有现代的爱情观,敢于面对自己内心的真实情感，并且执着地追求自己的爱情理想，为了爱奋不顾身的"真人"，只是由于不被周围甚至是自己深爱着的人所理解，他们的追爱之路走得异常孤独，甚至有些辛酸。

三、无爱婚姻里黯然的失败者

两个人物的结局看起来是有些不同的。《倾城之恋》中范柳原与白流苏结了婚，看起来是实现了自己的爱情理想；而《红玫瑰与白玫瑰》中王娇蕊最终与佟振保分了手，但二者在本质上并无不同，他们都是为理想爱情奋斗后败下阵来，令人唏嘘叹惋的失败者。

《倾城之恋》中范柳原虽然和白流苏结了婚，但"柳原现在从来不跟她闹着玩了，他把他的俏皮话省下来说给旁的女人听。那是值得庆幸的好现象，表示他完全把她当作自家人看待——名正言顺的妻，然而流苏还是有点怅惘"。那是因为他们真的成了"一对平凡的夫妻"。所谓的"平凡"是指，他们和所有中国式的夫妻一样，看起来举案齐眉，相敬如宾，可是，缺少的是发自内心的爱情。也就是说，流苏对柳原的爱，只是在战争的极端情势下才得以彰显，而当战争过去，生活恢复往日的平静，流苏也就回复到以往的状态之中了，让她的心得到满足的，不是柳原这个人，更不是这个人对她的爱，而是，这个人有钱、有丰厚的物质条件，可以让她衣食无忧。可以想象，这对他是多大的打击，他坚持了多少年要找一个他爱着，也爱着他的中国女人结婚的美满婚姻梦最终还是化为泡影，他得到了一个妻子，失去了一个爱人，真是"得"不偿"失"。败下阵来后的他又回到了遇见流苏前的老样子，和别的女人眉来眼去、打情骂俏，可是没人了解那是他为了掩饰自己的绝望和痛苦而戴上的一副假面。

《红玫瑰与白玫瑰》中八年后娇蕊与振保再度相遇，她不仅"比前胖了……很憔悴，还打扮着，涂着脂粉，耳上戴着金色的缅甸佛顶珠环，因为是中年的女人，那艳丽便显得是俗艳"，而且"老了，老得多了"。一个女人，如果有爱情滋润，生活幸福，一定是容光焕发的，岁月必不会在她身上留下太多沧桑的痕迹。从那有些憔悴的容颜、发胖的身体乃至艳俗的装扮我们不难断定，将近十年，她仍然没有找到期待中的真爱与幸福。二人有一番简短的交谈，振保问道："怎么样？你好么？"娇蕊沉默了一会，方道："很好。"之所以沉默，十有八九是因为事实上她过得并不怎么好。振保问是否爱她现在的丈夫，她点点头，她艰难地、一字一顿地说："是从你起，我才学会了，怎样，爱，认真的……爱到底是好的，虽然吃了苦，以后还是要爱的，所以……"话未说完，"所以"后面应该是"当我遇到朱先生，我爱上了他，便和他结婚生子"。接下来，振保试探她："你很快乐。"她并没有正面回答自己是否快乐，只是笑了声道："我不过是往前闯，碰到什么就是什么。"这个回答很含糊，表面看她没有否定自己"很快乐"，但如果她真的快乐，面对当年背叛自己的男人，应该直截了当地肯定，而不是这样含糊其辞。可见，她的这段婚姻也不幸福美满。那么，内情到底如何呢？如果按她所言，她真的爱现在的丈夫，那么这个男人极有可能是"佟振保第二"，这正与小说开头"也许每一个男子全都有过这样的两个女人，至少两个。娶了红玫瑰，久而久之，红的变了墙上的一抹蚊子血，白的还是'床前明月光'；娶了白玫瑰，白的便是衣服上的一粒饭粘子，红的却是心口上的一颗朱砂痣"遥相呼应。也就是说这个男人，虽然和她结了婚，有了孩子，但并未将全部感情都倾注在她身上，而是如同振保一样将妻子弃置家中，转而在外寻花问柳。这依旧不是娇蕊所期待的婚姻，没有爱情的浇灌，这朵娇艳欲滴并充满活力的红玫瑰只能渐渐枯萎凋谢——这就是她"老得多了"的真正原因。

范柳原与王娇蕊这两个为爱情奋力拼搏的理想主义者，最终不过是"绕了一个圈子，又回来停在原地点"，确与鲁迅笔下的吕纬甫、魏连殳等形象有相似之处。鲁迅有言"悲剧是将人生有价值的东西毁灭给人看"，若从这个角度看，这二人无疑是张爱玲小说中最具悲剧色彩的形象。

特殊的成长历程使得张爱玲对于人性、爱情，乃至身处爱情中的男女都持否定和怀疑的态度，在她所营造的那个晦暗、阴冷、丑恶的世界中，范柳原、王娇蕊显然是两个"异数"，他们代表了张爱玲男、女两性想象的另一面，即对于理想男性和女性的期待与肯定。它让我们看到张爱玲思想中建设性的一面，而这是一直以来被大多数研究者忽略的，也正是这两个形象的意义和价值所在。

附录：
论张爱玲小说的精神特质
——以鲁迅为参照系

张爱玲，胡兰成眼里"民国世界的临水照花人"，在1940年代的上海文坛演绎了一个独属于她的"传奇"。从1943年在《紫罗兰》发表《沉香屑·第一炉香》到1945年小说集《传奇》出版，在短短两年间，她"很快登上灿烂的高峰，同时转眼间红遍上海"，并以"传奇"的笔调写下了一曲又一曲现代人的悲歌，也批判性地揭示了现代"文明"的堕落和人性的丑陋。

她在中国现代文学史上的命运遭际也颇具传奇色彩，从1940年代的大红大紫，到1950年代淡出文学视野；从1980年代被重新发现，到1990年代她在大洋彼岸寂然故去，却在国内再度掀起如火如荼的"张爱玲热"，甚至被尊奉为"祖师奶奶"，这样的经历在中国现代作家中恐怕是绝无仅有。2006年，北京燕山出版社出版"世纪文学60家"书系（由白烨、陈骏涛、倪培耕、贺绍俊担任总策划），由25位中国现当代著名文学专家（丁帆、王中忱、王晓明、王富仁、白烨、孙郁、吴思敬、陈思和、陈晓明、陈骏涛、陈子善、张炯、张健、张中良、孟繁华、於可训、贺绍俊、程光炜、杨匡汉、杨义、洪子诚、赵园、谢冕、雷达、黎湘萍）

组成专家评选委员会，同时请读者在新浪读书频道投票，最终得出综合分，张爱玲名列第二，第一是鲁迅。

早在1944年张爱玲初登文坛之际，傅雷在其《论张爱玲的小说》中论及《金锁记》时就说它"颇有《狂人日记》中某些故事的风味"，紧随其后，胡兰成在《论张爱玲》中对她与鲁迅做了更细致的比较。当代学者中，刘再复说："如果要在鲁迅、张爱玲、沈从文、李劼人、萧红这五个作家中挑选一个最卓越的作家，我肯定会在鲁迅与张爱玲之间彷徨。"于青在《张爱玲传》中说："如果说，鲁迅毕生致力于国民性的批判，是对民族文化心理建构的一个贡献；那么，张爱玲对女性意识里'女性原罪'意识的展露和批判，则是张爱玲对民族文化心理建构的一个补充。"而王富仁则认为张爱玲是"女性小说家中的鲁迅，她像鲁迅一样俯视着人类和人类文化，并且悲哀着人类的愚昧，感受着人生的苍凉"。两位作家之所以如此频繁地被相提并论，是因为他们的作品确实具有可比性，适合成为彼此的参照。因此，本文也取鲁迅为参照系探析张爱玲小说的精神特质。

一、"改造国民性"与"在传奇里寻找普通人，在普通人里寻找传奇"

众所周知，鲁迅走上文学创作之路的起因是在仙台学医时的"幻灯片事件"。从此他意识到："凡是愚弱的国民，即使体格如何健全，如何茁壮，也只能做毫无意义的示众的材料和看客……所以我们的第一要著，是在改变他们的精神，而善于改变精神的是，我那时以为当然要推文艺，于是想提倡文艺运动了。"这便是鲁迅一直努力践行的"改造国民性"思想。

他笔下多的是在"铁屋"里"熟睡着的人们"。其中最具代表性的就是《阿Q正传》中的阿Q，他的自高自大、自轻自贱、自欺欺人、自我安慰、欺弱怕强、自私冷漠、愚昧麻木……是鲁迅对中国人"国民劣根性"的生动而集中的展现。在刻画阿Q的同时，鲁迅也向我们展现了阿Q周围的未庄人，他们都一如阿Q般昏聩愚昧。此外，《呐喊》集中的《孔乙己》中咸亨酒店里的酒客们，《药》中华家茶馆里的茶客们，《明天》里单四嫂子身边的男男女女，也都是一个个"阿Q"。他们是可以称之为"庸众"的大多数，借他们，鲁迅为我们展现了那个时代最广大的普通民众的思想水平和精神面貌。

此外，还有一类是"铁屋"中"较为清醒的几个人"，这是可以称其为"启蒙者"的少数。这类形象中最具代表性的是《狂人日记》中的狂人，他在暗夜中苦苦思寻，终于在满页"仁义道德"的字缝里看出"满本都写着两个字是'吃人'！"他不仅发现了中国的历史是吃人的历史，并且发现中国的现实是吃人的现实，中国的社会是吃人的社会，中国的家庭是吃人的家庭，每个中国人都是吃人者。他不仅意识到"我自己被人吃了，可仍然是吃人的人的兄弟！"而且还意识到自己"未必无意之中，不吃了我妹子的几片肉"。可就是这样一个清醒的反封建斗士，鲁迅并没有将他塑造成一个"振臂一呼应者云集的英雄"，他在"黑漆漆的，不知是日是夜"的铁屋中竭力劝诫周围的人"你们立刻改了，从真心改起！你们要晓得将来是容不得吃人的人……"却被视为"疯子"。《药》中为大众谋福祉的革命者夏瑜也被众人认为"简直是发了疯了"；《在酒楼上》中吕纬甫由激进、革命变成妥协、苟且；《孤独者》中魏连殳由爱人、自爱变成恨世、自戕……与"从昏睡入死灭"的阿Q们不同的是他们是"梦醒了却无路可走"的人，这些先知先觉者都曾奋力反抗，但最终都败下阵来，走向悲剧。这其中固然有来自社会和庸众的迫害，但更致命的却是他们自身的软弱，在他们走向失败的过程中我们仍能清晰地看到他们身上阿Q式的自欺欺人、自我安慰，甚至自轻自贱……通过这些形象同样可以看到他对"国民劣根性"的思索与批判。鲁迅对这些人物形象的塑造基于"揭出病苦，引起疗救的注意"这一创作宗旨和目的。

张爱玲对她的小说集《传奇》也有过明确的解释："书名叫作《传奇》，目的是在传奇里寻找普通人，在普通人里寻找传奇。"这里有两个关键词，一是"普通人"，即她所写的故事主人公都是普通人；二是"传奇"，即她所写的故事都是具有传奇色彩的。与鲁迅笔下的人物相似，张爱玲小说中的人物也都"不是英雄"，而是"这时代的广大的负荷者"，他们是同"阿Q""狂人"一样的普通人，也同他们一样背负着传统的因袭，时代的威压，生活的重负，在重重压迫中身心扭曲甚至变态，演出了一幕幕让人惊叹咋舌的奇剧——这便是张爱玲所说的"传奇"。这又是张爱玲与鲁迅的不同之处。更确切地说，她小说中的人物多是都市普通人，这里有《金锁记》中30年来"戴着黄金的枷"的曹七巧和她"用那沉重的枷角劈杀了几个人"，死了的有两个儿媳芝寿和绢姑娘，"送了半条命"的有儿子长白和女儿长安；有《倾城之恋》中为谋生而"谋婚"的白流苏，执着于真爱却最终仍不免陷于无爱婚姻的范柳原；有《沉香屑·第一炉香》中迷失在欲望都市中的葛薇龙，为获取金钱牺牲了自己的青春和爱情，待物欲满足后又沉溺在泛滥无度的变态情欲中的梁太太；有《沉香屑·第二炉香》里表面楚楚可怜、内心却充满"静静的杀机"的母亲蜜秋儿太太，她以爱和纯洁的名义剥夺女儿对性知识的学习，致使两个女儿对性一无所知，婚后将丈夫正常的亲密行为误认为是变态之举，终而导致女儿们的婚姻悲剧，两个女婿也因为无法承受"性变态狂"的骂名自杀而死……凡此种种，确实是都市普通人的传奇，传奇里的都市普通人。

在张爱玲步入文坛前的20多年成长历程中她感受最深刻的是人性的阴暗与丑陋，人生的残酷与无奈，故而她的这些传奇故事里皆是对人性中的自私、冷酷、贪婪、虚荣、软弱、疯狂、变态……的展现，这让她看起来与鲁迅对国民性的批判非常相似。但仔细体味就会发现，因为是"传奇"，张爱玲的小说没有鲁迅式的"忧愤深广"。她虽与鲁迅一样都"揭出病苦"，但并不存在"引起疗救的注意"这一终极目标。换言之，张爱玲的创作只是在忠实地"表现人生"，而并无"改造人生"的意图，在她看来"生在这世上，没有一样感情不是千疮百孔的"，人是苍白渺小的、无能为力的，所以，在她那些"说不尽的苍凉的故事"中张爱玲留给我们的只是惨伤的叹息。

二、"吃—被吃"与"看—被看"

鲁迅在他的小说中反复书写的母题是"吃—被吃""看—被看"，这是鲁迅对中国历史和现实的敏锐发现。《狂人日记》以象征主义的笔法塑造了一系列深具象征意蕴的人物形象，狂人时时处在一种"被吃"的惊惧之中，"吃人者"是他之外的所有人——他们全都"铁青着脸","恶狠狠"地"看"着狂人,露出白历历的牙齿,"合起伙来"要吃掉他。这些"吃人者"往往也是"看人者",而"被吃者"往往也是"被看者"。同样,《药》中的夏瑜、《孤独者》中的魏连殳、《在酒楼上》中的吕纬甫、《伤逝》中的子君、涓生,也是一个个"被看者"与"被吃者"。对于"吃人者",鲁迅在《狂人日记》中有这样的分析:他们虽然"都是吃人的人。可是……心思很不一样,一种是以为从来如此,应该吃的;一种是知道不该吃,可是仍然要吃,又怕别人说破他"。第一种"吃人者"是在长期的"吃人"文化的浸淫中已经彻底失去判别能力,浑浑噩噩地盲从那些带头"吃人"之人的"吃人者",在《狂人日记》中包括母亲、孩子和绝大多数普通人。第二种则是那些虽然心知肚明"吃人"的罪恶,却仍要处心积虑继续"吃人"的人,包括赵贵翁、古久先生、大哥、医生等,他们是"吃人"文化与"吃人"历史的忠实的传承者与坚定的维护者。而在《阿Q正传》《孔乙己》《祝福》《明天》等作品中,又呈现出更为复杂的情形,即这些作品中的主人公,如阿Q、孔乙己、祥林嫂、单四嫂子等,他们是"被看"和"被吃"的对象,但同时又是"看人者"和"吃人者"。这正是"一伙之中,也会自吃"——阿Q处在未庄的最底层,他备受欺辱压迫,可只要有机会,他又会不遗余力地欺辱压迫比他更弱小的人,而最终"吃掉"他的何尝没有王胡、小D甚至吴妈;《祝福》里的祥林嫂是"被吃"掉了,可是这"吃人者"中就有同她一样处在社会、家庭"食物链"最底层的贫苦女人柳妈;《明天》中失去儿子的单四嫂子是"被看""被吃"者,可在那些冷漠地赏玩着她的痛苦的"看人者""吃人者"中也有同她一样的善女人王九妈。这些自觉不自觉的"吃人者"们,共同组成了一个"无主名无意识的杀人团",他们"吃人"于无形,然而他们中的大多数又在无形中"被吃"着。

张爱玲小说中的人物关系也可以用"弱肉强食"来概括。她执着于女性的命运,在男权社会中男性自然是强者,即"吃人者",女性是弱者,即"被吃者",然而她们一旦有机会便会摇身一变成为"吃人者"去啃噬更弱者。《金锁记》中的曹七巧便是代表,出身小户人家的她年轻时对婚姻也有着美好憧憬,可是作为女性,她并不能为自己做主,她的哥哥为了金钱将她嫁进的高门大户的姜家给重病在身的二少爷做小,虽然后来姜家老太太为了让她尽心尽力服侍二爷将她扶了正,但她正常的情欲得不到满足,只能苦苦压抑着自己的情欲,"多少回……为了要按捺她自己,她迸得全身的筋骨与牙根都酸楚了"。最终,她将所有欲望都倾注在金钱物质上,苦熬了十几年婆婆和丈夫死了,她分得了一份家产自立门户,可是她已经在长久的压抑中扭曲变态,虽然她的世界里只有儿子和女儿这两个最亲近的人,可是她却无法忍受儿子、女儿享有她自己不曾享受过的爱情和正常的婚姻,她使尽浑身解数将两任儿媳折磨致死,将儿子留在自己身边,暗暗满足了自己的"恋子情结";对于女儿,她则是充满嫉妒与仇恨,她自己无法得到的一切,也绝不让女儿得到,女儿上学,她设计逼着她退学,女儿谈恋爱,她设计逼着女儿分手,直至女儿彻底放弃逃脱的念头"一级一级走入没有光的所在",同她一起沉入黑暗中。

在张爱玲的小说中这种"吃—被吃"的关系还更普遍地表现为"互吃",在她绝大多数涉及家庭关系的小说中,都没有纯然的"吃人者"与"被吃者","吃"与"被吃"已打成一片,难分彼此,所有人都既是"被吃者"又是"吃人者",如《倾城之恋》中白流苏和她的母亲兄嫂之间,《花凋》中郑川嫦和她的父母姐姐之间,《留情》中淳于敦凤和丈夫米晶尧之间,《鸿鸾禧》中的玉清和小姑二乔、四美以及娄太太和丈夫娄嚣伯之间……父母与子女之间、兄弟姐妹之间、公婆与儿媳之间、妯娌之间、姑嫂之间甚至夫妻之间都是此消彼长的弱肉强食,而这种"吃"又并非曹七巧式的"生吞活剥",而是如虱子般细细碎碎地咬啮啃噬,他们没有彻心彻骨的痛苦,只是在生命之袍华美的外表下独自忍受着这"咬啮性的小烦恼"。

  在张爱玲的小说中也有"看—被看"这一模式,但张爱玲的"看"与鲁迅的"看"是不同的。张爱玲曾在《传奇(增订本)》的序言《有几句话同读者说》中对其封面设计做了说明:"封面是请炎樱设计的。借用了晚清的一张时装仕女图,画着个女人幽幽地在那里弄骨牌,旁边坐着奶妈,抱着孩子,仿佛是晚饭后家常的一幕。可是栏杆外,很突兀地,有个比例不对的人形,像鬼魂出现似的,那是现代人,非常好奇地孜孜往里窥视。如果这画面有使人感到不安的地方,那也正是我希望造成的气氛。"这段文字不仅是对封面图的解说,更是对她小说的注释,其中最关键的词是"窥视"和"不安",这正是造成"传奇"的艺术效果的重要手段。

  与鲁迅小说中的"看—被看"意在表现中国人国民性中的冷漠的看客心理不同,张爱玲小说中人物之间的"看"与"被看"其实是"窥视"与"被窥视",窥得的往往是无法轻易看到的秘密,因此必然会有"传奇"的色彩和"不安"的氛围。在《沉香屑·第一炉香》里，故事的开头，葛薇龙站在姑妈家的走廊上对花园的张望、对姑妈那白房子的审视、对姑妈家的娘姨大姐们形容举止的仔细观察、对怒气冲冲归来的姑妈的暗自打量……自然是怀着好奇心对这个早有耳闻却一直未曾谋面的姑妈的"窥视"，但更主要的是希望借此进一步推断姑妈有无可能帮助她。而梁太太也是从见到葛薇龙起就开始了对她的"窥视"，第一眼看到薇龙，梁太太"眯着眼望了她一望"，待薇龙自报家门后梁太太便开始了对薇龙的百般刁难，其实是在暗中观察薇龙是否聪明伶俐，有无培养潜质和利用价值。小说中特别写到薇龙在步入梁太太书房时对这里的陈设布置的细致观察，"觉得这间屋子，俗却俗得妙"。爱屋及乌，薇龙对这屋子的评判也是对屋子主人梁太太的评判，这是薇龙对梁太太的"窥视"。而与此同时，梁太太也在暗中观察着葛薇龙，"薇龙站在她跟前，她似乎并不知道，只管把一把芭蕉扇子阁在脸上，仿佛是睡着了"。薇龙正要走开，她却"从牙缝里迸出两个字来道：'你坐！'以后她就不言语了，好像等着对方发言"。她以静制动，故意制造尴尬的气氛，看薇龙如何应对，仍然是在暗地里考察薇龙。面对薇龙低声下气的好话，她是一味地刁难、推脱，经过数番严苛地考察，她终于松口答应帮助葛薇龙，这时，"薇龙猛然省悟到，她把那扇子挡着脸，原来是从扇子的漏缝里盯眼看着自己呢！"后文中在这姑侄俩的相处过程中，这种相互的窥视无时不在，梁太太将自己的贴身丫头睨儿派到薇龙身边名为服侍实则是监视，而薇龙也时时窥觑揣测着梁太太的动向。毕竟"姜还是老的辣"，梁太太的眼光比薇龙更"老辣"，因此，她最终占据上风，将薇龙驯服为自己"弄人"的诱饵。这样的"窥视"还表现在《金锁记》中七巧对季泽与兰仙、儿子与儿媳身上；此外，《红玫瑰与白玫瑰》中佟振保与王娇蕊、佟振保与孟烟鹂；《桂花蒸·阿小悲秋》中的女佣阿小与主人哥儿达先生；《鸿鸾禧》中的玉清与二乔、四美都隐隐地彼此"窥视"着、猜测着，也算计着。可见，在张爱玲的小说中，"窥视"的动因并非一般意义上的好奇，而是"窥视者"对"被窥者"的忖度、刺探、怀疑、利用、伤害。

总之，在鲁迅，"看—被看""吃—被吃"是基于"改造国民性"的创作目的，对中国人国民劣根性的展示和批判；在张爱玲，"窥视—被窥视""吃—被吃""互吃"是基于"寻找传奇"的创作立场，对人性阴暗面的书写。

三、反抗绝望与沉沦绝望

张爱玲与鲁迅小说对其笔下人物命运、结局的安排设置上也具有相似性：他们笔下的人物最终都几乎无一例外地走向悲剧，甚至毁灭。

在《呐喊》《彷徨》中，鲁迅几乎为他笔下所有的主人公都设置了一个悲剧结局，《狂人日记》如果单从小说正文的13则日记看，狂人从始至终都是一个清醒的、不屈不挠的、彻底的反封建战士，但在小说的文言小序中却隐藏着一个悲剧结局：狂人病愈赴某地候补。这对于热切期待启蒙的先觉者来说无疑是最可悲的结局。《药》里的夏瑜为大众为革命不惜洒热血抛头颅，但是他想拯救其于水火之中的民众却并不理解他，甚至他的鲜血成为供愚昧国民治病的"良药"。然而，就像夏瑜并不能拯救愚弱国民的灵魂一样，以他的鲜血染红的馒头也并未能治好华老栓儿子小栓的病。小说的结尾安排夏瑜的母亲夏四奶奶和小栓的母亲华大妈给儿子上坟时不期而遇的一幕暗示读者：革命者和庸众的结局并没有什么不同——都被葬在了乱坟岗里。这是怎样的悲哀和绝望啊！正如他在致许广平的信中所言："我的作品，太黑暗了，因为我常觉得惟黑暗与虚无乃是实有。"但鲁迅是感受到了由黑暗和虚无带来的绝望，却又不甘于绝望，而"偏要向这些作绝望的抗战"。于是就有了夏瑜坟上的一圈红白的花。对于这笔亮色，1922年鲁迅在《呐喊·自序》中有过一番解释，他说自己的呐喊是为了"慰藉那在寂寞里奔驰的猛士，使他不惮于前驱……但既然是呐喊，则当然须听将令的了，所以我往往不恤用了曲笔，在《药》的瑜儿的坟上凭空添上一个花环……因为那时的主将是不主张消极的。至于自己，却也并不愿将自以为苦的寂寞，再来传染给也如我那年青时候似的正做着好梦的青年"。从这段文字看，鲁迅之所以选择与绝望抗战是"听将令"的结果。如果我们仔细考究鲁迅的小说，尤其是《彷徨》中的小说就会发现，事实并非如此。鲁迅创作《彷徨》中的小说时，新文化运动已经落潮，此时的鲁迅已无将令可听，正处在"荷戟独彷徨"的苦闷中，而在这一时期的小说中，他仍然一再为小说中的主人公设下和《呐喊》中小说相似的结局：在《伤逝》中鲁迅让子君在孤独和绝望中死去，让涓生在孤独中忍受着心灵的煎熬和痛楚，但是他并没有让涓生、也让读者沉入不可自拔的绝望之中，在小说的结尾涓生清醒地意识到"我活着，我总得向着新的生路跨出去……我要向着新的生路跨进第一步去，我要将真实深深地藏在心的创伤中，默默地前行"。《在酒楼上》中"我"在和吕纬甫分别后"独自向着自己的旅馆走，寒风和雪片扑在脸上，倒觉得很爽快"。《孤独者》的结尾也有类似的笔墨,"我"为魏连殳送葬后出了大门,"快步走着,仿佛要从一种沉重的东西中冲出……我的心地就轻松起来,坦然地在潮湿的石路上走,月光底下"。在这些小说中,确实有一股力量带着作品中的人物,也带着读者从沉重和绝望中冲出走向希望,虽然这希望在很多时候显得很微茫、很遥远,甚至很虚无。但正如鲁迅在《彷徨》的扉页所引屈原《离骚》"路漫漫其修远兮,吾将上下而求索"。亦如他在同时期的散文诗《过客》中所刻画的"过客",无论前方是"坟"还是"野百合、野蔷薇",无论日出还是日落,无论多么疲乏困顿,都不能令他停息回转,心中只有一个念头——"我只得走",他拒绝了老翁好心的劝诫,谢绝了女孩善意的布施,"昂了头,奋然向西走去……夜色跟在他后面"。这其中确实有浓得化不开的黑暗与绝望,同样也有着与绝望抗争的意图和力量,因为他笃信"绝望之为虚妄,正与希望相同"。

和鲁迅一样,张爱玲也常为笔下的人物设置一个又一个无法逃脱的悲剧结局。在《金锁记》中,曹七巧三十年来戴着黄金的枷,她是可悲的"被吃者",同时又是可怕的"吃人者","她用那沉重的枷角劈杀了几个人,没死的也送了半条命。她知道她儿子女儿恨毒了她,她婆家的人恨她,她娘家的人恨她"。小说的结尾"三十年前的月亮早已沉了下去,三十年前的人也死了,然而三十年前的故事还没完——完不了"。七巧的女儿长安以另外一种方式重演着母亲的悲剧,小说给读者留下的是通体的苍凉、绝望。在其他小说中也莫不如此,《沉香屑·第一炉香》的结尾有这样意味深长的一笔:乔琪把"烟卷儿衔在嘴里,点上火。火光一亮,在那凛冽的寒夜里,他的嘴上仿佛开了一朵橙红色的花,花立时谢了,又是寒冷与黑暗……"这"橙红色的花"就是薇龙,虽然明艳过,但是在凛冽的寒夜里"立时谢了",被彻骨的寒冷与黑暗吞没。而在《倾城之恋》中,看起来白流苏是如愿以偿地和范柳原结婚了,但是这不过是"说不尽的苍凉的故事"中的一个,是战争成全了这对自私男女的婚姻,谁也别指望什么"死生契阔,与子成悦,执子之手,与子偕老"的天长地久,仍然是冷彻心扉的绝望……毋庸置疑,在张爱玲的小说中也充满了虚无、黑暗和对人性、人生的绝望。正像她在《花凋》中对女主人公郑川嫦的比喻:"硕大无朋的自身和这腐烂而美丽的世界,两个尸首背对背拴在一起,你坠着我,我坠着你,往下沉。"这是一种彻底的绝望。

读鲁迅的小说,虽然会像他笔下的众多人物形象一样深深地感受到"惟黑暗与虚无乃是实有",但我们更会被他作品中那股与黑暗虚无抗争的力量所振奋,并和他们一道"直面惨淡的人生","奋然而前行";读张爱玲的小说却会和她笔下的人物一起"一级一级,走进没有光的所在"和他们一起"沉下去,沉下去"。在鲁迅小说中充满了绝望与希望的矛盾和反抗绝望的意志,因此,他的小说总体呈现出悲壮的美学风格;而在张爱玲的小说中却尽是沉沦于绝望中无可奈何的叹息和惨伤,因此,她的小说总体呈现出苍凉的美学风格。

四、人生际遇、生存环境和文化选择

反抗绝望与沉沦绝望,是鲁迅与张爱玲对人生中的黑暗与虚无所持的不同态度,更是两种截然不同的人生哲学。之所以会形成如此差异，主要是由于两位作家的人生际遇、生存环境和文化选择不同。

张爱玲与鲁迅开始创作的时间相差二十多年，两人都经历了家庭的变故，都经历了家境由盛转衰的过程，在这个过程中他们都看过世人的白眼，都体会过世态的炎凉，因此，两位作家均痛感人性之恶和人生之绝望。但二者又是不同的，鲁迅一生虽屡经各种消极情感体验的打击，但在他的人生中始终有爱和他同行：幼时有母亲宽大仁慈的爱，兄弟间的相濡以沫，留日期间有师长的信任与鼓励，朋友的理解与支持，归国后有学生的爱戴，青年的崇敬，爱人的相伴……这些积极的情感体验使得鲁迅虽时时矛盾、痛苦，却一直在奋力挣扎反抗。

张爱玲出身贵族世家，但到张爱玲出生的年代已是大厦将倾，曾经的繁华已如过眼云烟，只剩些淡薄的影子供后辈儿孙们瞻仰品咂，而在这个没落的家庭中，张爱玲似乎从未感受到家的温暖，起初是父母不和，后来父亲娶姨太太，母亲出国留洋，父母离异，父亲再娶，这一系列事情的发生和发展并不以张爱玲的意志为转移，直至后来因一次家庭纠纷她被父亲囚禁在一间黑屋子里差点丧命……可以说，张爱玲在和父母弟弟相处的日子里几乎没有感受到家庭的天伦之乐。成年后，她又经历了一次失败的感情。她这样描述自己的生命感受："时代的车轰轰地往前开。我们坐在车上……只顾忙着在一瞥即逝的店铺的橱窗里找寻我们自己的影子——我们只看见自己的脸，苍白，渺小；我们的自私与空虚，我们恬不知耻的愚蠢——谁都像我们一样，然而我们每人都是孤独的。"于是，在她的作品中我们只能看到刻骨的寒冷与彻底的绝望，而她并没有力量与这寒冷和绝望抗争。

除了人生际遇的不同，两位作家的生存环境也有所不同。鲁迅出生于19世纪末，他亲身感受到了国家和民族的危机，也目睹了各派志士仁人为拯救国家、民族于水火的诸种努力，幼年他接受的是正统而严格的儒家教育，儒家经世致用、治国齐家的入世哲学对他有着深刻影响，青年时期，他又受到中西方各种进步思想的影响。他的世界观、人生观形成的时期恰逢戊戌变法到辛亥革命，他深受维新派领袖梁启超思想的影响，留日期间更是发出了"我以我血荐轩辕"的宏愿，亲身加入了革命团体。辛亥革命失败到五四新文化运动期间，他虽有过沉默，但终于在沉默中爆发，并"一发而不可收"。因此，可以说在他所生活的那个时代，鲁迅虽时时感到绝望，但他却时时以民族大义为己任，以"反抗绝望"的姿态投入到"与黑暗捣乱"的战斗中去。

张爱玲虽然也生活在一个风云变幻的时代，然而她一直生活在一个比较封闭的环境中，她的童年生活在隔绝于大时代的"孤岛"上海、天津的租界中，她的人生观、价值观形成的时期已经远离的"五四"时代"启蒙"的历史语境，同时，由于她在此期间先是在上海的教会学校读小学和中学，后来又到更加殖民地化的香港去读大学，因此，1930、1940年代盛行的"革命""救亡""民族解放"等观念对她影响甚微，于是她形成了对时代的疏离、对政治的淡漠的心态，在20多年的生命历程中她反复体验到的是人性的阴暗、人生的"模糊，瑟缩，靠不住"，特别是在港战中她亲身体验到了那种死亡随时可能降临的绝望感和对身外的世界不可把捉的虚无感："回不了家，等回去了，也许家已经不存在了。房子可以毁掉，钱转眼可以成废纸，人可以死，自己更是朝不保暮。"生活经验有限的她找不到可以与内心的绝望抗衡的力量，于是便只能发出"沉下去"的悲叹。

如前所述，鲁迅的人生观、价值观形成之时，正值在异国他乡求学之际。张爱玲亦然。因此，两位作家都受到了外来文化的熏染。1902年，21岁的鲁迅开始了他的留日生涯，此时正值清政府风雨飘摇之际，日本却从明治维新而崛起，两相比照之下，年轻的鲁迅意识到，日本之所以能从挣扎于亡国灭种的绝望边缘走向崛起，其关键就在于积极主动学习西方进步文化。而此时的日本，各种西方哲学思潮盛行，当他接触到尼采的"超人哲学"和"酒神精神"等思想之后，便找到了反抗绝望的力量。他以儒家文化中经世致用、治国齐家的思想为支点，以尼采的哲学思想为利器，将东西方两种文化作为参照系，以宏阔的视野将这两种思想融入了自己的生命哲学之中，成就了他面对黑暗和绝望做不妥协的抗战的斗士精神。尤其是"幻灯片"事件之后，他就更下定决心要以文艺来唤醒民众，"改变他们的思想"。

与鲁迅相似，1939年，19岁的张爱玲考取了伦敦大学，因战争的缘故后改入香港大学，在这里，张爱玲接受的完全是西方式的教育，如果说长期生活在相对西化的殖民地文化环境中和女性天生对政治的隔膜与淡漠使得张爱玲更多地接受了西方的自由主义思想，那么，1941年底港战爆发对她来讲可以说是一个重大的转折点，在战争中她切身体会到生命的脆弱、人性的丑恶、命运的无常……这一切都让张爱玲感到彻骨的寒冷，从而彻底地坠入了绝望的深渊。虽然我们在现有的资料中找不到张爱玲受到叔本华哲学思想影响的任何有力证据，但就事实而言，她的这种生命体验确实与叔本华有些相似。如果说鲁迅是取法于尼采，张爱玲则是与叔本华相遇。因此，我们在张爱玲的小说中只能看到绝望和虚无，而在鲁迅的小说里既能看到绝望又能感受到反抗绝望的强烈意志。

王安忆在《世俗的张爱玲》中也对张爱玲与鲁迅进行了比较："当她略一眺望到人生的虚无，便回缩到俗世之中，而终于放过了人生的更宽阔和深厚的蕴含。从俗世的细致描绘，直接跳入一个苍茫的结论，到底是简单了。于是，很容易地，又回落到了低俗无聊之中。所以，我更加尊敬现实主义的鲁迅，因他是从现实的步骤上，结结实实地走来，所以，他就有了走向虚无的立足点，也有了勇敢。"这里对鲁迅的评价是恰切的，但对张爱玲的评价却是有失精当。的确，张爱玲是在细致地描绘俗世，但她的每一笔都是以虚无和绝望为底色，故而，她越精雕细琢越能反衬这虚无和绝望的浓重。她的每一个故事都是在精细地描摹这"苍茫"的虚无与绝望本身，根本无须再"跳入"其中，因此也不存在"跳入"的突兀感和生硬感。她确是书写了"无聊"的"俗"人"俗"事，可这背后是深重的悲哀、绝望，而非赏玩与流连；她笔下的人与事"俗"而不"低"，况且即便是她写了"低俗"也不能由此便得出她和她的作品"低俗"的结论。关于张爱玲"放过了人生的更宽阔和深厚的蕴含"的论断，也是有失公允。张爱玲的题材确实比较狭小局限，不够"宽阔"，但文学的园地本应是百花齐放、气象万千，大漠孤烟、小桥流水各有其美，不应厚此薄彼，更无须非要一分高下。一个作家，既能表现人生的"宽阔"又能表现人生的"深厚"蕴含当然是最理想的状态，但如若不能两全，"放过""宽阔"追求"深厚"则是最明智的选择。张爱玲正是在她自己熟稔的题材中不断掘进，达到了"片面的深刻"。在题材上，她是缺乏鲁迅的"宽阔"，但在对人性剖析的"深厚"上却是毫不逊色的。

鲁迅是"中国现代文学之父","现代小说之父","不但是伟大的文学家,而且是伟大的思想家和伟大的革命家"。张爱玲当然无法与之比肩,但正像被张爱玲引为知己的胡兰成当年所言:"鲁迅之后有她,她是个伟大的寻求者。"因此,夏志清说张爱玲是"今日中国最优秀最重要的作家"是毫无溢美、恰如其分的。

参考文献

[1]张爱玲.张爱玲典藏全集[M].哈尔滨：哈尔滨出版社，2003.

[2]刘川鄂.张爱玲传[M].武汉：长江出版社，2020.

[3]于青.张爱玲传[M].广州：花城出版社，2008.

[4]胡兰成.今生今世[M].北京：中国社会科学出版社，2003

[5]夏志清.中国现代小说史[M].上海：复旦大学出版社，2005.

[6]陈子善.张爱玲的风气:1949年前张爱玲评说[M].济南：山东画报出版社，2004.

[7]子通，亦清.张爱玲评说六十年[M].北京：中国华侨出版社，2001.

[8]水晶.张爱玲的小说艺术[M].台北：大地出版社，2000.

[9]林幸谦.荒野中的女体——张爱玲女性主义批评[M].桂林：广西师范大学出版社，2003.

[10] 周芬伶.艳异：张爱玲与中国文学[M].北京：中国华侨出版社，2003.

[11] 袁良骏.张爱玲论[M].北京：华龄出版社，2010.

[12] 陈子善.沉香谭屑：张爱玲生平和创作考释[M].香港：牛津大学出版社，2012.

[13] 李欧梵.苍凉与世故——张爱玲的启示[M].香港：牛津大学出版社，2012.

[14] 刘绍铭,梁秉钧,许子东.再读张爱玲[M].香港：牛津大学出版社,2012.

[15] 许子东.许子东细读张爱玲[M].北京：北京大学出版社,2020.

后 记

与张爱玲的相遇，算来已有二十余年。那是20世纪90年代末，我在大学宿舍下铺女孩的枕畔第一次看到她的小说集，是厚厚的一本。至今还清晰地记得读她的《霸王别姬》给我带来的陌生与震撼之感。此外的作品，有些似乎是看懂了，却分明又有种意犹未尽之感，有些看了几遍也还是觉得似懂非懂。自此便爱上了她的文字和故事。

几年后，在硕士论文选题时，毫不犹豫地选了张爱玲，可惜当时自己拟定的提纲太过感性，又缺乏新意，在导师一番严厉批评之下，我彻底丧失了写张爱玲的信心，终而另起炉灶完成了硕士学位论文。

又是几年后，我从即将退休的前辈同事手中接过了选修课"张爱玲研究"的担子。这是第二次与张爱玲相遇，距初识已是十年光阴。这一次不单是相遇，更是相伴。自此我便开始了对张爱玲的反复阅读，特别是她《传奇》中的小说和《流言》中的散文，几乎每个学期都要读一遍，而且是越来越趋于精细化的阅读，细到每个句子，每个词，甚至每个字——起初是受她文字的"蛊惑"，到后来却内化为一种主动自觉的心理诉求与阅读习惯。在这一遍遍的细读与精品中，我的趣味也逐渐从她那绮丽跳脱的文字，孤绝苍凉的故事转移到这文字、故事背后隐藏着的对世界、对人生那深刻敏锐、慑人心魄的认知与省察上。

人言"桃三杏四",我是在五六年后才产生了将自己的阅读所得诉诸笔端、呈之以书的想法。2015年的夏天,我开始动笔写作。然而,不久之后我怀孕了。两件都是大事、好事,可也都无法速战速决,我所能做的只有尽量在二者之间保持适当的平衡。就这样,如同行走在钢丝绳上的我在孕期完成了近五万字。女儿出生后的很长一段时间我不得不将曾经的计划束之高阁,直至2019年9月,女儿进入幼儿园,我才又恢复了写作,到这年年底,写到将近8万字。剩余的近一半内容本打算赶在2020年张爱玲百年诞辰之际完成,可最终还是因为种种原因未能如期完稿。时至今日,又是一度春花初绽,又是一季春雨连绵,我在匆促间终于收束了这一旷日持久的写作计划。

是的,只是收束,因为事实上我并未能够按照预期计划和在写作过程中萌发的一些新的构想完成全部内容。但时间有限,精力有限,若不现在截稿,不知又要拖到何时,只好忍痛做出如此取舍。

在中外文学史上,只有极少数作家能够经得起"细读"与"精品",张爱玲属于这少数中的一员。阅读她的文字是种享受,"精品""细读"更是高品级的精神盛宴。六年间,记不清多少个深夜、多少个凌晨独坐于电脑前细细咀嚼着、品咂着这不算多、也不算宏大的一个个故事。二十三四岁的张爱玲对人性中最阴森恐怖的一面的深刻揭露,对短暂人生里天长地久的磨难的反复书写,开始我感受到的是她的冷峻,到后来却越来越体悟到她的苦,她的不易,甚至她绝望中的慈悲和她华美苍凉的文字后深藏着的那些细细密密的复杂情结。而这一切,如若不经历反复的"细读""慢读"与"精品"是不太容易领略到的。至少于我是这样。这样想想似乎又为自己的缓慢和拖沓找到了一个堂而皇之的借口。

在这个一切皆求速成的时代,我们可以轻易地在各种读书APP中搜索到各种有关张爱玲作品的解书资源,它们都声称自己已将她小说的内容精华提炼了出来,能让你在最短的时间,以最高的效率掌握其中心思想和精华所在。但我始终认为,无论是如何高明的解书人,无论多么高明的见解,都无法取代我们自己对文学作品的阅读。这正像吃饭,其趣味在于眼观其形色,鼻嗅其香,口舌细品其味,是全感官的享受,绝没有谁会为贪图省时省力,让别人代劳先咀嚼一番,到可以直接下咽的程度,再自己吞下去。他人代劳虽可省去我们自己的咀嚼,但经过他人咀嚼的饭食不仅原味尽失,而且还沾着他人的唾液、口气,甚至口腔中的各种细菌,恐怕是任何人都无法下咽的。即便是硬着头皮吞下去也多半会引发消化不良,甚至更严重的肠胃炎。同样,面对同一文本,每个人的阅读感受与所获也不尽相同,他人的阅读可以为我们提供一个参照系,让我们能够进一步省视自己对于作品的理解与他人有何差异,哪一种理解更具说服力,抑或是都合乎情理,在这样的比照中我们对于文本的理解能力和水平才能得到提升。故而,我对张爱玲的"细读"与"精品"仅仅是我自己在长期反复阅读中的体验和感受,其意义也仅仅在于为爱好她、爱好文学的读者呈现一种阅读路径,提供一例阅读参照,而非"引领""指导"之类。

莎士比亚说:"一千个读者就会有一千个哈姆雷特。"我相信,有一千个读者也会有一千个张爱玲。这部小书就是独属于我自己的张爱玲。许子东说："在张爱玲的文字面前，任何细读都是粗枝大叶。"深以为然。因此，我的"细读""精品"仍不免"粗枝大叶"。但无论如何，在目前力所能及的范围内，我已经尽了自己最大的努力，至于那些不完美、粗糙之处以及未能付诸实施的计划，我将它们留给未来，这是我对自己、也是对张爱玲的一个承诺。

我相信，无论是对于我，还是对于张爱玲，这本书仅仅是一个开始。来日方长，我当继续努力，方不负那些一直帮助支持着我的亲人、友人们。

感谢包头师范学院文学院的领导与同事们这些年来对我的关怀和鼓励，帮我度过了人生路上一个又一个难关。感谢文学院院长温斌教授、副院长李国德副教授，他们对本书的撰写给予了极大的关心与支持。感谢我的老师田中元教授和他的同学鄢福路先生为本书出版所做的努力！感谢吉林大学出版社各位编辑的辛苦付出！

感谢我的恩师陶长坤先生，时光荏苒，拜别先生已是第16个年头，我与先生皆是不善言表之人，无论是读书时还是毕业后，与先生的联络都不算密切，但心中一直深深感念师恩如山，也因此更愧感自己在学术道路上走得太滞缓，直到今天才有这本小书问世。希望我能就此结束滞缓，以更勤奋的姿态迈向新的征程。

感谢张伟教授，恩师之外，他是在学术上对我帮助最多的良师益友。这本书起于我们尚未谋面时他的一个提议，终了，又承蒙他不吝笔墨为我作序，并为本书提出了很多具体的指导和建议，而我们也已熟识。人们常说"物以类聚，人以群分"，"道不同，不相为谋"，在张老师周围聚集着一群志同道合的友人，我很荣幸跻身其间，感谢他们为我的生活带来了充实和欢乐！

感谢远在天堂的父亲，他一生艰辛，却从无怨言，只是默默地劳作着、努力着，坚忍与笃实是他留给我的最宝贵的精神财富，让我学会在沉默中承受和战胜苦难；感谢年近古稀的母亲，没有她一直以来对我学业、事业无条件的支持和无畏的付出，就没有今天的我；感谢爱人，十多年来，我们一起走过人生中的坎坷曲折，也一起走过风雨阴晴的四季美景，人生路漫漫，我们将相伴求索；感谢我亲爱的宝贝天使选择由我做她的妈妈，让我重新谛视生命，再次经历成长。

最后，感谢张爱玲留给我们那么多值得细细品味的文学作品。

谨以此书献给张爱玲！

也献给我爱的和爱我的所有人！

卢志娟

2021年春于包头